노래가
필요한 날

노래가 필요한 날

1판 1쇄 발행 2020. 11. 19.
1판 2쇄 발행 2021. 2. 20.

지은이 김창기

발행인 고세규
편집 김성태 디자인 조은아 마케팅 이헌영 홍보 반재서
발행처 김영사
등록 1979년 5월 17일(제406-2003-036호)
주소 경기도 파주시 문발로 197(문발동) 우편번호 10881
전화 마케팅부 031)955-3100, 편집부 031)955-3200 | 팩스 031)955-3111

값은 뒤표지에 있습니다.
ISBN 978-89-349-8942-4 03810

홈페이지 www.gimmyoung.com   블로그 blog.naver.com/gybook
인스타그램 instagram.com/gimmyoung   이메일 bestbook@gimmyoung.com

좋은 독자가 좋은 책을 만듭니다.
김영사는 독자 여러분의 의견에 항상 귀 기울이고 있습니다.

노래가
필요한 날

나를 다독이는 음악 심리학   김창기 지음

김영사

차례

PART 2.

사람을 사랑하는 시간

PART 3.
서로 함께하는 시간

PART 4.

마음을 다독이는 시간

PART 5.
인생을 공부하는 시간

내 마음을 알아주는 노래와 사람

저는 소심하고 서툰 사람입니다. 좀 있으면 환갑이 되는데도 말이죠. 정신건강의학과 전문의로서 서툰 사람을 도와주는 데 보람을 느끼며 살았습니다. 이 책은 일간지에 연재한 글들과 여러 매체에 기고한 글들을 수정하고 편집한 것입니다. 버려질 글들이었는데, 출판사에서 책으로 엮자고 해서 '밑져야 본전인데 한번 해보지 뭐!' '잘 해보슈!' 하고 허락했죠. 편집을 맡은 김성태 씨는 유혹을 잘하는 사람이더군요. 인간은 칭찬과 격려를 받으면 자신의 한계와 현실을 잊고 기고만장해서 더 잘하고 싶은 욕망을 품습니다. 저도 그랬죠. 그래서 우리 강아지처럼 혀를 내밀고 할할거리며 책을 만들게 되었습니다. 감사하지만 대단히 자랑스럽지는 않습니다.

여기 실은 것들은 조금 더 안정적인 어른이 되는 방법을 잘 모르는 서툰 어른들끼리 '내가 옳네! 네가 틀리네! 아, 그럴 수도 있나?' 하며 의견을 모아가는 과정을 보여드리는 글입니다. '잘 모르면서! 내가 옳으니 내가 하라는 대로 해!' 하는 권위적인 목소리는 낮추고 실질적인 도움을 주려고 노력하면서요.

그런데 말입니다. 어른이 된다는 것은 정말 어렵지 않나요? 좋은 어른, 최소한 괜찮은 어른이 되고 싶은데 그게 참 힘들죠. 저도 일간지에 글을 기고하기 시작했을 땐 멋진 글을 쓰고 싶었습니다. 그런데 글을 쓰다 보니 멋진 글, 교과서 같은 글은 소용이 없더군요. 아무도 읽어주지 않더라고요. 그런데 어른의 정체성, 어른이 해야 할 일들, 좋은 어른이 되는 방법에 관한 이야기를 풀어놓으니 독자들이 조금씩 반응을 보여주었습니다. 그래서 여전히 살기가 어렵고 살아가는 데 서툰 사람들을 위한 글을 쓰기 시작했습니다. 제가 자라온 과정을 돌이켜보며 합리적인 근거를 제시하면서 말이죠.

제 서툰 인생길에 도움을 준 사람들이 있었습니다. 학생 때 저는 부족한 능력을 들킬까봐 두려워서 회피하는 아이였습니다. 그런 자신을 탓하기 싫어서 어른들을 탓하고, 그들의 말을 '신 포도'°로 만들며 하지 말라는 짓만 골라서 했죠. 그런데 이상하게도 결정적인 순간에는 저를 실제의 저보다 더 좋거나 가능성이 있는 아이로 봐주시던 선생님들이 계셨습니다. 매섭게 혼내시기도 했지만 흔들리고 도망치려는 저를 꼭 잡아주셨고, 그 덕에 그 두렵던 공부를 하고 의사가 되었습니다. 운이 좋았죠.

음악에서도 그랬습니다. 처음에는 하늘로 떠난 광석이가 저를 붙잡아주었습니다. 저는 기타도 잘 못 쳤고, 노래는 더 못했습니다. 지금도 못하죠. 의과대학 본과 1학년 때 낙제까지 해서 음악을 관두려는 저에게 광석이가 씩 웃으며 말하더군요. "너는 노래를 잘 만들잖아? 내가 가수가 되면 네가 내 노래를 만들어줘야 할 것 아냐?" 그러고 몇 년 후 우리는 그룹 '동물원'이 되었습니다.

'동물원'은 산울림의 김창완 선배가 만들어준 팀입니다. 창완이 형은 저를 과도하게 믿어주셨습니다. 저는 형이 왜 그러셨는지 몰랐고 형을 실망시킬까봐 두려웠죠. 왜냐는 질

° 포도가 높이 매달려 따먹지 못하자 '시어서 맛이 없을 것'이라며 포기하는 자기 합리화의 다른 표현. 《이솝 우화》에 나온다.

문에 형은 늘 "네가 만든 노래의 소심하고 불안한 주인공들이 좋아서!"라고 하시며 술잔을 채워주시곤 했습니다. 형은 저와 '동물원' 친구들을 이끌어주셨고, 그 덕에 우린 한동안 즐겁게 음악을 했습니다.

저를 가장 강력한 힘으로 이끌어준 사람은 아내입니다. 처음에는 그것이 사랑의 힘인 줄 알았지만, 얼마 후 아내가 저보다 더 강한 사람이라는 걸 알게 됐죠. 게다가 아내는 저보다 백 배쯤은 현명한 사람이어서, 듣기 싫어도 아내 말을 들으면 득이 된다는 걸 차츰 인정하게 됐습니다.

소아청소년 정신과 전임의가 되며 저는 제 인생의 가장 중요한 선생님을 만났습니다. 선생님은 인간 발달의 과정과 그 과정에 영향을 끼치는 요소들을 매우 잘 가르쳐주셨고, 저는 힘들었지만 정말 죽기 살기로 공부했습니다. 저를 아끼고 믿어주시는 선생님의 자랑스러운 제자가 되고 싶었으니까요.

정신의학의 관점으로 말하자면, 사람은 자신과 비슷한 사람에게 끌리거나, 반대로 자신이 갖지 못해서 괴로운 것을 가진 사람에게 끌립니다. 안정적인 사람은 자신과 비슷한 사람에게 끌리는 데 반해, 불안정한 사람은 자신에게 부족한 것을 가진 더 현명한 사람이 그 결핍을 채워줄 수 있으리라는 환상에 기대 그에게 더 끌리곤 하죠. 광석이와 아내는 저와 정반대 성향의 사람들이었고, 서로가 서로에 대한 환상이 있었습니다. 그 환상은 깨졌지만, 그 과정에서 서로 닮아갔죠.

반면에 선생님들과 창완이 형은 저에게서 그들의 어린 시절 모습들을 보셨던 것 같습니다. 바보는 아닌데 바보같이 어쩔 줄 몰라 하는 모습이 안타까워서 끌어당겨 보호해주고 가르쳐주고 싶으셨던 것이겠죠. 자신이 받은 보살핌을 다음 세대로 물려주신 것일지도 모릅니다. 어쩌면 자신이 받지 못했던 도움을 자신과 비슷한 제자에게 주며 자신을 위로했을 수도 있습니다. 선생님들이 저의 치료제였듯이, 저도 선생님들의 치료제였을지도 모릅니다.

하지만 아이를 키우고, 학생을 가르치다 고통을 겪고 이를 극복할 방법을 몰라 저를 찾아온 사람들을 치료하다 보면, '그런 것 같다'가 '그렇다'라는 믿음으로 점점 변해갑니다. 제가 그들을 가르치는 동시에 저도 그들에게 배우며 서로가 서로에게 의미가 되고 닮아가고 있습니다.

광석이가 떠난 이후 만든 노래 〈나에게 남겨진 너의 의미〉가 떠오릅니다. 훌쩍 떠난 광석이는 저를 있는 그대로 대해주었습니다. 우리의 추억은 흐려지지만 가끔 광석이의 노래를 들으며 숨을 고르곤 합니다. 제가 사랑하는 사람들이 오래 노래하고 오래 제 곁에 머무르면 좋겠습니다.

사람은 강한 감정을 유발하는 사건이 일어날 때 들었던 소리나 배경음악을 그 감정과 연결해 저장하고, 그 감정을 유발하는 사건을 겪거나 기억할 때 그 소리나 노래를 다시 듣게 됩니다. 전쟁의 포성이나, 연인에게 버림받을 때 찻집에서 흐르던 노래처럼 말이죠. 저는 운이 좋은 편입니다. 이렇게 좋은 노래와 좋은 사람들과 평생 연결되어 있을 테니까요.

글 한 편을 읽은 뒤 책장을 덮고 노래를 들어보시기를 권합니다. 노래로 인생을 바꾸기는 힘들고, 인간의 심리와 노래를 연결해서 말하는 제 글들은 대단치 않고 때론 한심하다는 걸 압니다. 하지만 우리에겐 분명 노래가 필요한 날들이 있죠. 저는 지친 날, 외로운 날, 심심한 날 노래를 부르며 살았습니다. 제가 선택한 노래들이 여러분께 다가가 말을 걸기를 기대합니다.

아름다운 문장으로 제 생각을 전해드리지 못해 죄송합니다. 재미있을 수도 있고 재미없을 수도 있습니다. 공감하실 수도 있고 격하게 반대하실 수도 있습니다. 재미없다면 당연히 건너뛰어야 하고, 제 의견에 반대하신다면 정신 건강을 위해 읽지 말아야 합니다. 다만 저는 저의 경험에 비추어 어떻게 오늘의 삶이 나아질 수 있는지 이야기하고 싶었을 뿐입니다. 좋은 어른이 되는 길에 제가 작은 도움이 되었으면 하는 바람을 수줍게 전합니다.

2020. 11.

김창기

PART 1

나를
찾아가는 시간

넌 패자가 아니야.
살아남은 사람이지.

우리의 지난날은 정말 아름다웠을까

동물원
〈혜화동〉

드라마 〈응답하라 1988〉에 '동물원' 시절의 노래 〈혜화동〉
이 나왔습니다. 인기 드라마의 힘은 정말 크더군요. 죽어가
던 고목에서 꽃이 만발하게 하는 마법을 부릴 만큼 말입니
다. 1988년에 나온 많은 곡 가운데 〈혜화동〉을 고른 PD가
정말 고마웠지만, 고맙단 말을 전하지는 못했습니다. 가까
워지면 또 제 곡을 써줘야 할 것 같은 부담을 줄 것 같고, 어
색하기도 해서요. 하지만 〈혜화동〉 덕분에 아이들은 아빠가
한때 꽤 잘나가던 가수였다는 말이 사실임을 알게 됐고, 친
구들에게도 자랑깨나 했던 모양입니다.

　〈혜화동〉은 1988년에 발표한 '동물원' 2집에 실린 노래입
니다. 〈흐린 가을 하늘에 편지를 써〉만큼은 아니지만, 옛 추

억을 떠올리게 하는 노랫말과 서정성 짙은 멜로디로 잔잔
히 사랑을 받았던, 말하자면 엉거주춤한 히트곡입니다. 당
시 주로 공연 오프닝 곡으로 불렀는데, 전주가 시작되면 객
석에서 '아~' 하는 호흡음과 함께 박수가 터지곤 했습니다.
추억이 소환될 때 나올 법한 반응이지요. 그러나 노래가 계
속되면 관객의 호응도는 급속히 떨어지곤 했습니다. 가창력
없는 가수가 부르는 흘러간 '가사 감상용' 노래에 대한 전형
적인 반응이랄까요. 공연에서는 노랫말이 좋은 곡보다 가창
력이 돋보이는 곡에 호응이 큽니다. 제법 알려졌지만 반응
이 뜨겁진 않아서, 〈혜화동〉은 점차 공연에선 부르지 않게
되었습니다.

저는 서울 혜화동 언덕배기 방 두 칸짜리 작은 한옥에서 자
랐습니다. 1960~1970년대 서울의 어느 마을에나 있던 방
범초소는 친구들과 저의 '본부'였고, 콘크리트로 찍어낸 공
동 쓰레기통은 우리의 '아폴로 11호'였습니다. 그 쓰레기통
위에 앉아 코를 훌쩍거리며 국민교육헌장을 외웠고, 그 위
에서 폼나게 뛰어내리며 "인간에게는 작은 발걸음이지만,
인류에게는 도약!"이라고 외치곤 했죠.
　골목에서 구슬치기 딱지치기를 하다 배가 고프면, 담벼락
너머로 삐져나온 대추나무나 감나무에 고무신을 던져 군것

질거리를 마련했습니다. 공책 살 돈으로 번데기를 사 먹고, 저금통에서 몰래 뺀 동전으로 눈깔사탕을 사 먹기도 했죠. 한 입씩 빨고 다음 아이에게 줘야 했지만, 제 차례가 되면 사탕을 입에 문 채 냅다 뛰며 도망치곤 했습니다. (친구들아, 미안하다.)

어머니께서 퇴근하실 무렵이면, 저는 형과 동생과 함께 언덕 아래가 내려다보이는 계단에 앉아 어머니를 기다렸습니다. 우리는 어머니의 모습이 빨리 나타나기를 빌며 노래를 부르곤 했습니다. 형은 재미있는 노래들을 많이 알았고, 노래도 참 잘했습니다. 해가 저물면 이웃집에서 밥 짓는 냄새가 퍼져 나오고 두부 파는 아저씨는 종을 딸랑거리셨습니다. 그날들 때문일까요. 저는 아직도 외로움 혹은 그리움과 허기짐을 잘 구분하지 못합니다.

〈혜화동〉은 1988년 봄, 밴드 '동물원'이 한창 인기를 누릴 때 만들었습니다. 대학로에서 공연하던 어느 날, 오랜만에 고향 같은 혜화동의 '우리 동네'를 찾아갔습니다. 어릴 적 넓게만 보이던 골목길은 차 한 대 겨우 지나갈 만한 좁은 골목이었더군요. 그 골목에 서니 어릴 적 친구들이 떠올랐습니다. 담장을 넘어간 축구공을 찾으려고 "공 좀 꺼내주세요" 하고 외치던 친구, 동네 형들에게 얻어맞고 서로의 눈물을 닦아주던 친구, 그 형들이 보여준 '빨간책'을 두고 진지하게 토론하며 함께 자란 녀석들… 모두 그리웠습니다. 전화를 걸어 동네 골목에서 만나자는 약속을 하고, 전철을 타고 친구를 만나러 가는 상상을 했습니다. 우리가 잊고 사는 것이 무엇인지 되돌아보게 하는 노래는 그렇게 만들어졌습니다.

기억은 때로 왜곡되어 저장됩니다. 더 우세한 기억을 보존하기 위해 덜 중요한 정보는 작아지거나 잊힐 수도 있죠. 가끔은 정서적 안정을 위해 변형되기도 합니다. 회상할 때 기억은 여러 번 달라집니다. 신경증적인 망각과 왜곡이 끼어들기노 하죠.

지난 아름다운 시간은 정말 아름다운 시간이었을까요? 해맑았던 유년 시절, 보람찼던 입시생 시절, 열광했던 '군대스리가'나 뜨거웠던 사랑이라고 말하는 기억은 사실 많은 부분 왜곡됐을 수 있습니다.

개구쟁이 아이였을 때를 떠올리면, 퇴근하시는 어머니 얼굴은 웃는 천사 같았고, 혜화동 골목길은 넓은 축구장 같았습니다. 그때를 떠올리면 가슴이 상쾌해집니다. 사실과 달라도 말입니다. 고달픈 제 삶의 소울푸드soul food인 지난날들에 대한 기억이 왜곡됐다면 고마운 왜곡이지요. 팍팍한 삶에 그보다 큰 위로는 없으니까요.

여러분의 추억은 어떠한가요?

닫힌 자아에서 열린 자아로

빌리 조엘
〈Honesty〉

동생 부부가 집에 왔습니다. 제 무릎 위에 앉은 고양이를 보더니 점점 저를 닮아간다고 합니다. 얼굴이 둥글넓적해지고, 양미간을 찡그리며, 뭔가 떨떠름하고 못마땅한 생각을 하는 듯한 표정이 딱 저 같다고요. "그래도 난 쟤처럼 까칠하지는 않잖아?"라고 했더니 아내가 되받아치더군요. "쟤도 자기가 까칠하다는 걸 몰라."

제 성격을 솔직하게 말했는데 '자기기만'으로 들렸나봅니다. 저는 진실을 파헤치는 기자는 아니지만 사실을 추구하는 사람입니다. 하지만 사실도 자기중심적인 오류나 거짓인 경우가 많죠. 〈Honesty〉의 노랫말처럼, 정직은 쉽게 만날 수 없는 '외로운 낱말'이니까요.

차를 마시며 뉴스를 보던 중이었습니다. 공직 후보자의 청문회 장면이 나왔습니다. 리모컨을 들고 채널을 돌리려는데 그분이 "저의 정직함을 보여주고자 나왔다"라고 하더군요. 순간 저는 재채기를 하며 마시던 차를 뿜었습니다. 깜짝 놀라서 사레들렸거든요. 이제는 냉철히 자신을 파악할 수 있는 분께서, 아직도 자신이 정직하다고 믿으며 진실함을 증명해 보이겠다니 놀랄 수밖에요.

청문회가 이어지며 공직 후보자 자신도 깜짝 놀랐다고 하더군요. 제가 놀란 이유와는 다릅니다. 받은 돈 때문이죠. 의도를 간파하고 받지 말았어야 합니다. 나라를 위한다면 더욱 그랬어야 하죠. 하지만 제가 감 놔라 배 놔라 할 자격은 없습니다. 솔직히 그런 상황에 놓인다면 어떤 판단과 행동을 할지 자신이 없기도 합니다. 변명 같지만, 그래서 저는 절대로 정치색이 분명한 직책을 맡지 않겠다고 다짐합니다. 정신건강의학 학회나 동문회에서 중추적인 역할을 해야 할 나이지만 어떤 직책도 피하고 있습니다.

인간은 자기애가 충만한 동물입니다. "오늘 밤 주인공은 나야 나!"라는 외침처럼 세상의 주인공은 자기 자신이죠. 우리는 세상을 평가하는 위치에 서기를 원하기 때문에, 자신을 꽤 착하고 옳은 사람이라고 믿습니다. 그런 자아상을 지키기 위해서 작은 부정행위를 저질러도 '이 정도는 괜찮아'라고 합리화하죠. 도덕적 기준과 이기적 욕망이 충돌하고 한쪽으로 쏠리면 이러지도 저러지도 못하게 되니까요. 착한 사람이 거짓말을 하거나 자기를 기만하는 이유입니다.

'자기기만'이 나쁜 것만은 아닙니다. 인간은 자신을 속일 줄 아는 유일한 동물입니다. 누군가를 속여 이득을 챙기는 것이 아니라 자신을 속여 이득을 얻는 능력이 있죠. 자신에게 '할 수 있다!'라는 하얀 거짓말을 해서 예상보다 좋은 결과를 얻기도 합니다. ○와 ×의 디지털 논리가 아닌 '퍼지 논리'°를 자유자재로 사용할 수 있기 때문입니다. '자기기만'은 진화의 훌륭한 결과입니다.

하지만 아무리 좋은 약도 남용하지 말고 오용하지 말아야 합니다. '닫힌 자아'를 '열린 자아'로 만들기는 정신치료의 가장 큰 목표 중 하나입니다. '닫힌 자아'는 '나는 모르지만 타인은 아는 자신'이고, '열린 자아'는 '나도 알고 타인도 아는 자신'이죠. 삶에 방해가 되는 '닫힌 자아'와 용기 내어 마주하고 변화시켜야 합니다. 변화시킬 수 없는 부분은 받아들이고 다른 긍정적인 것으로 상쇄시켜야 합니다. 그래

°   애매모호한 현상과 개념을 큰 집단으로 만들어서 그 집단에 속하는 정도
    에 따라 우열을 결정하는 논리.

야 '열린 자아'로 성장할 수 있습니다. 저도 거울을 보고 편안하게 웃는 표정을 연습해야겠습니다. 욕심과 불만을 버리고 '있는 그대로의 나'를 수긍하고 연민을 가지고 격려해주는 연습이 살아가는 데 꼭 필요하다는 사실을 기억하면 좋겠습니다.

나이에 걸맞게 살기

스테픈울프
〈Born to Be Wild〉

1980년대 초 대학 시절, 훗날 '동물원'의 멤버가 된 친구들과 비디오테이프로 영화 〈이지 라이더Easy Rider〉를 봤습니다. 광석이네 집에서 보았죠. 특별한 이야기는 없습니다. 주인공들이 미친 듯이 미국을 횡단하다가 어처구니없이 죽는 로드 무비인데 정말 멋있었습니다. 주인공 역을 맡은 피터 폰다가 자신을 속박하던 손목시계를 풀어 무심하게 휙 던져버리고, 부르릉 시동을 걸어 오토바이를 타고 떠나며 영화가 시작합니다. 그 순간 우리는 이 영화가 우리의 이야기라는 것을 직감했죠.

당시 우리는 하루 안에 어디라도 갈 수 있는 작은 나라에 사는 별 볼 일 없는 천덕꾸러기들이었습니다. 멋진 오토바이도 없었고 피터 폰다처럼 잘생겨서 번번이 고백받는 입장도 물론 아니었죠. 하지만 세상이 짜놓은 틀과 요구와 기대와 억압의 무게를 내려놓고 어디론가 끝없이 거칠게 달리고 싶은 욕망은 있었습니다. 아무런 미련과 죄책감을 갖지 않고요.

〈이지 라이더〉는 히피, 반전, 반핵, 로큰롤로 상징되는 대항문화를 대표하는 영화입니다. 주인공들이 타는 오토바이는 벌써듯이 팔을 들어아 핸들 바를 잡을 수 있는 할리데이비슨이죠. 터프가이의 상징이자 자유를 갈구하는 이들의 로망인 오토바이입니다. 요즘엔 우리나라 도로에서도 가끔 볼수 있죠.

우리는 영화가 끝나자마자 흥분하며 언젠가 오토바이를 타고 함께 미국을 횡단하자고 약속했습니다. 멋진 헬멧을 쓰고 선글라스를 끼고 폼 잡으며 말이죠. 그런데 한 친구가 이의를 제기했습니다. 광석이는 키가 너무 작아서 오토바이를 타면 다리가 땅에 닿지 않아 넘어질 것 같으니까 힘들겠다고요. 그 말을 듣고 저는 배꼽이 빠지게 웃으면서 너무나도 큰 제 머리통을 자비롭게 받아들여줄 헬멧이 있을까 하고 걱정했던 기억이 납니다.

세월이 흐른 지금 우리 중 오토바이를 타는 사람은 아무도 없습니다. 오토바이는 꽤 위험하고 우리는 겁이 많은 진짜 어른이 되었으니까요. 자전거를 타거나 등산을 하며 어린아이처럼 말장난을 하고 서로 속상한 일을 토로하고 징징거릴 수 있음에 만족하고 있습니다.

지그문트 프로이트는 "자아를 돕기 위한 퇴행regression in the service of the ego"을 언급했습니다. 나이에 걸맞은 자아의 기능을 잠시 내려놓고 아이처럼 놀며 본능적인 욕구를 해소하는 활동이 필요하다는 뜻이죠. 물론 이성적인 통제하에서 말입니다. 인간이 지닌 본능과 욕망을 사회적, 정신적으로 가치가 있는 활동으로 치환하여 충족하는 '승화'보다는 낮은 단계로, 사회가 용인하는 범위 내에서 다른 방식으로 치환해 충족시키는 것입니다.

영화의 오프닝곡을 부른 밴드 '스테픈울프'는 '황야의 이리'라는 뜻입니다. 원래 이름은 '참새들The Sparrows'이었는데, 헤르만 헤세의 소설 《황야의 이리Der Steppenwolf》를 읽고 이름을 바꾸었다고 합니다. 허세라고 공표하며 허세를 부리는 유머도 자아에게 찰나적 만족을 주는 통제된 퇴행의 일종이죠. 만일 허세를 진짜라고 믿는다면 망상이거나 이성의 통제를 벗어난 퇴행 혹은 정신발달지연입니다.

다시 이들이 부른 영화 삽입곡 〈Born to Be Wild〉를 들으니 걱정이 됩니다. 저희 아들이 오토바이를 사달라고 하지 않을까 하고요. 그런데 그건 퇴행이 아니라 그 나이의 특성 중 하나입니다. 뇌의 다른 영역보다 안와전두엽°의 발달이 지연되면서 나타나는 과도한 충동의 표현 욕구죠. 시쳇말로 '중2병'입니다.

너무 어린 나이에 철들면 그 나이에 즐길 수 있는 것을 누리지 못합니다. 부모의 기대에 부응하려고 애쓰거나 가정 형편이 어려워 자기 자신을 다그치는 이이들을 보면 마음이 아픕니다. 반대로 어른이 되어서도 아이처럼 살기를 꿈꾼다면 주변 사람이 피곤해지죠. 책임감 있는 자유를 누리고자 한다면 다행이고요. 나이에 걸맞게 사는 인생이 멋있습니다.

° 눈 뒤에 자리한 부위로 욕구와 동기와 관련된 정보를 처리한다.

출퇴근길에 BGM을 깔아주세요

최백호
〈낭만에 대하여〉

퇴근길에 지하철역 밖으로 나오니 비가 내립니다. 가방 안에 우산이 없습니다. 일기예보를 보고 챙기려고 했는데 또 깜빡한 모양입니다. 죄 없는 나이를 탓합니다. 편의점에서 우산을 사려다가 그냥 비를 맞기로 했습니다. 낭만적일 것 같아서요. 고된 하루를 마친 뒤 식도를 타고 내려가며 살아 있음을 확인시켜주는 '도라지 위스키'와 진한 '색소폰' 소리가 기다리고 있을 리 없는 집으로 가는 길에서 〈낭만에 대하여〉를 흥얼거렸습니다. 그런데 예상보다 비가 너무 많이 쏟아져서 몸이 흠뻑 젖었습니다. 폼나진 않았지만 괜찮은 낭만이었습니다. 가슴속 한 곳이 비어 있음을 확인하고 사라진 것을 떠올리며 오래전 감정을 다시 느낄 수 있었으니까요.

'어떻게 무엇으로 빈 곳을 채워 넣어야 멋진 삶을 살 수 있을까' 곰곰이 상상했습니다.

낭만은 이성 간의 로맨스에만 있지 않습니다. 나와 나를 둘러싼 풍경을 감상적이고 이상적으로 파악할 때 경험하는 감미로운 분위기와 기분도 낭만입니다. 논리에서 조금 벗어나서 내가 보고 느끼고 싶은 대로 세상과 나를 보며, 자신을 멋지고 매력적인 주인공으로 만들 때 낭만을 되찾게 되죠.

실제 삶은 순대의 간처럼 퍽퍽합니다. 우리의 삶은 그다지 큰 의미가 없을 가능성이 큽니다. 낭만은 그런 메마른 삶에 서사를 부여합니다. 현실을 외면하거나 왜곡하지 않고, 타인에게 피해가 없을 정도로 '자기기만'을 하고, 현실감을 잃지 않을 만큼 사는 의미를 부풀리는 것이죠. 혼자 역할 놀이를 하는 아이처럼 삶을 소설, 드라마, 뮤지컬, 영화로 만들어보는 것도 좋겠습니다. 세상은 나를 주인공으로 봐주지 않습니다. 내가 자발적으로 나를 주인공으로 만들어야 합니다. 이왕이면 더 멋진 사람으로 말이죠.

의미 있는 삶을 살려면 내가 나를 사랑하고 또 나를 사랑해주는 타인이 있어야 하며 자신을 사회에 필요한 사람이라고 여겨야 합니다. 만족스러운 경우는 그리 많지 않습니다. 불만족스러운 부분을 보완해주는 것이 놀이입니다. 남이 권해서 따라 하는 놀이는 대개 재미가 없죠. 자발적으로 선택한 놀이가 재미있고 자부심을 키워줍니다. 내가 제일 잘하니까요. 그것이 확장된 자의식이며 낭만이죠. 낭만은 결국 돈이나 여유로운 시간보다 호기심과 창의력과 융통성을 발전시키기 위한 공부를 하며 찾을 수 있습니다.

비를 맞으며 한동안 세상의 급류에 휘말려 옳고 그름을 찾느라 애썼던 나를 되돌아봅니다. 감정보다 이성, 개인보다 집단에 집중했던 답답한 시간을 보내왔다는 생각이 밀려옵니다. 한쪽으로 치우쳐 사는 건 정말이지 힘든 일입니다. 더욱이 기울어져 있으면 세상도 마음도 비딱해 보일 테죠.

　건강한 삶을 사는 데는 균형이 필수입니다. 이성과 공적인 일에만 집중하면 번아웃되고 맙니다. 갑자기 시간이 비었을 때 어떻게 놀아야 할지 몰라 공허감에 휩싸이기도 하죠. 인생에는 감정과 사적인 삶도 필요합니다. 낭만을 혼자가 아니라 누군가와 함께 나눌 수 있다면 더 좋겠죠? 제 아내는 비 맞기를 싫어해서 다른 방식으로 함께 낭만을 찾을 계획입니다. 함께 잘 살고 싶으니까요.

봄날의 고양이처럼 산다는 것

시인과 촌장
〈고양이〉

주말 아침 풍경입니다. 우리집 고양이 '보리'가 창가에서 햇볕을 쬐며 늘어지게 잠을 자다 일어나 하품을 합니다. 그러고는 보기에도 기분 좋게 쭉 기지개를 켭니다. 봄에는 몸도 마음도 나른해지죠. 저는 창밖을 바라보며 부드러운 햇살을 즐기다가 보리를 따라 오랜만에 기지개를 켜봅니다. 그런데 "아이쿠!" 시원하기는커녕 안 쓰던 근육을 갑자기 써서 아프기만 합니다. 저의 생물학적 봄날은 까마득한 과거였고 그동안 너무 경직된 생활을 해왔다는 증거죠.

　보리는 품에 잠시 안겨 '골골송'을 부르더니 곧 박차고 일어나서 제 할 일을 시작합니다. 요즘 녀석은 지구를 구하는 데 온 힘을 쏟고 있습니다. 집 안 구석구석을 살피며 외계인, 공산주의자, 극우주의자, 자본가, 법조인 등 세상에 해악을 끼치는 온갖 존재의 위협을 확인하고 그들에게 맞서느라 24시간도 부족할 판입니다. 그러다가 배가 고프면 제 사료는 먹지 않고 형인 강아지 '링고('비틀스'의 드러머 링고 스타를 닮아서 그 이름을 가지게 되었죠)'의 사료를 먹습니다. 링고도 보리의 사료를 야금야금 먹으니 큰 문제는 없습니다. 늘 남의 떡이 커 보이고 옆집 잔디가 더 푸르러 보이죠. 동물 세계도 인간 세계와 큰 차이가 없나봅니다.

〈고양이〉는 1986년에 발표된 노래입니다. 함춘호 씨의 일렉트러 기타는 어린 고양이, 주동익 씨의 프렛리스 베이스는 나이가 들어 심드렁해진 엄마 고양이 역할을 하죠. 두 고양이는 쫓고 쫓기며 서로를 툭툭 밀치며 놉니다. 그 사이를 파고드는 피아노 소리가 '너희들, 장난 좀 그만 쳐!'라고 투덜거리는 듯합니다. 카랑카랑하면서도 부드러운 여주인의 잔소리처럼 들리죠. 달콤하게 끝날 것만 같은 노래가 엄마 고양이의 야무진 울음소리를 신호로 갑자기 바뀌면서, 실뭉치 하나를 신나게 쫓아다니는 고양이들의 모습을 표현한 것 같은 경쾌한 어쿠스틱 리듬으로 마무리됩니다. 〈고양이〉를 들어보신 적이 없다면 꼭 한 번 들어보세요. 멋진 노래입니다. 포근한 봄날 아침의 나른함은 사라지고 푸르른 생기를 느낄 것입니다.

매일 꾸준히 몇 초씩 기지개를 켜면 건강에 도움이 됩니다.
팔다리를 펴는 자세는 심리적 스트레스를 완화합니다. 스트
레스로 인한 긴장은 근육을 긴장시키죠. 마음과 생각을 바
꾸기는 힘들지만 행동에 변화를 주는 건 조금은 만만합니
다. 몸을 움직이며 긴장된 근육을 이완하면 경직된 심리도
덩달아 이완되죠. 기지개는 근육을 유연하게 만들어줍니다.

　정신건강의학과에서는 '점진적 이완 요법'이라고 하죠.
손가락 같은 소근육을 푸는 것에서 시작하여 허리와 목 같
은 대근육을 푸는 운동을 반복하면 긴장 이완뿐만 아니라
유연성까지 얻을 수 있습니다. 햇살을 즐기며 기지개를 켜
보세요. 처음에는 약하게 시작해서 천천히 강도를 키워야
합니다. 그동안 쌓였던 스트레스가 풀리고 몸과 마음의 유
연성과 융통성이 되돌아올 테니까요. 유연성과 융통성은 마
음에 들지 않는 세상을 그래도 살 만하게 만드는 가장 효율
적인 방법입니다. 우리도 봄날의 고양이처럼 살아보자고요.

더 좋은 내가 되는 길

아이유
〈가을 아침〉

국민 여동생이었던 아이유가 예술 쪽으로 조금씩 방향을 틀
더니 아티스트로 자리매김했습니다. 〈가을 아침〉은 포크 밴
드 '어떤날'의 이병우 씨가 작사·작곡하고, 양희은 씨가 부
른 곡입니다. 원곡은 따뜻한 행복의 깨달음을 느끼게 하지
만, 아이유가 재해석한 곡은 고통을 겪고 어쩔 수 없이 수긍
하며 성숙해가는 한 인간의 노래로 다가옵니다. 아이유의 팬
들이 만든 뮤직비디오를 꼭 보세요. 보는 재미가 있습니다.

〈가을 아침〉의 원곡은 부모의 눈에는 모자라 보이는 아들의
노래입니다. 전날 밤 술을 퍼마신 아들이 목이 말라 일어납
니다. 맑은 가을 하늘을 기대하며 창문을 열고 얼굴을 내미

는데, 쌀쌀한 바람이 들이닥칩니다. 아들은 기침을 하려다가 차가운 현실을 직시합니다.

아버지는 새벽부터 일어나 부지런히 '약수'를 떠 오고, 어머니는 아침밥을 짓고 '빨래'를 합니다. 시간은 어김없이 흐르고, 조카들이 울음을 터뜨립니다. 창문 밖으로 등교하는 아이들의 모습이 보입니다.

밥 익는 내음이 풍기는 가을 아침에 잠에서 깬 아들은 자신의 모습을 보고 생각합니다. '난 철부지였구나. 그럼에도 묵묵히 나를 돌봐주는 가족과 동네가 있구나. 그들이 있어 내가 기쁘고 행복하구나.'

행복의 첫 번째 조건은 사랑하고 사랑받기입니다. 그 대상이 가족이면 가장 좋습니다. 두 번째 조건은 자신이 유능하며 사회적으로 필요한 사람이라고 여기는 자신감입니다. 자신감이 부족해도 사랑하고 사랑받는다고 믿을 수만 있다면 행복한 축에 속할 수 있죠. 바보같이 굴어도 나를 사랑해 줄 거라는 믿음이 있어야 누군가에게 응석을 부릴 수 있습니다. 〈가을 아침〉 노래 속의 아들은 운이 좋은 사람이죠.

청춘은 막연한 뜬구름을 좇기도 하지만 독립된 가치와 견해를 가진 사람으로 정체성을 얻는 시기입니다. 부모의 의견을 따르는 것에서 벗어나 자립하는 시기죠. 내가 어떤 사람인지를 확인하는 과정은 당연히 두렵고 아픕니다. 하지만 부모가 조급해서 강제하지 않는다면, 아들딸들은 크고 작은 성공과 실패를 거듭하며 스스로 안정적인 정체성을 찾게 됩니다.

아이유는 〈가을 아침〉의 원곡을 인간의 성숙 과정의 다음 단계를 들려주는 노래로 끌어올립니다. 청소년기 인격 성숙의 마지막 단계는 자기 정체성을 확립하는 것이죠. 내가 어떤 사람이고 어떻게 살고 싶다는 자신에 대한 이해와 판단이 있어야 어른이 됩니다.

〈가을 아침〉의 원곡이 '내가 이런 사람이고 이렇게 살고 있고 앞으로 이러저러하게 살고 싶구나' 하는 깨달음의 순간을 보여준다면, 아이유의 리메이크곡은 아이가 어른이 된 후 성숙하는 '성인 발달 과정'의 초기 단계를 보여줍니다. 정체성을 확립한 후 성숙의 첫 번째 단계는 자기중심적인 본능을 극복하고 타인들과 협력하며 살아갈 수 있는 '친밀감'의 능력을 발전시키는 것이고, 두 번째 단계는 사회적인 가치를 얻기 위해 '직업적 안정감'을 확보하는 것이죠. 친밀감과 직업적 안정감은 내가 이런 사람이란 것을 증명하는 방법인 동시에 행복의 기본 조건입니다. 〈가을 아침〉의 뮤직비디오에는 그것들을 얻기 위해 애쓰는 우리의 안쓰러운 모습이 담겨 있습니다. 성숙, 성인 발달의 세 번째 단계는

다음 세대를 잘 보살피고 지도하는 '부모의 역할'을 하는 것
이고, 네 번째 단계는 축적된 지혜와 삶의 의미들을 아이들
에게 잘 전달하는 '현명함을 지켜나가는 어른'의 역할을 하
는 것입니다. 마지막은 삶을 전반적으로 조화롭게 인식해서
가족과 사회의 평화와 행복에 일조하는 '통합'의 단계죠.

 나이에 맞게 이런 일련의 단계를 잘 통과하면 행복해진
다고 합니다. 그러니 내가 어느 단계에 있는지 파악하고, 어
떻게 하면 더 성숙하고 좋은 내가 될 수 있을지 고민해야겠
죠. 쉽진 않겠지만 행복한 존재가 되고 싶으니까요. 〈가을
아침〉이란 노래에서 그런 노력을 하는 아이유의 모습을 확
인할 수 있어서 기뻤습니다. 성공하지 않아도 괜찮습니다.
성장하고 성숙해지는 모습이야말로 정말 예쁘니까요.

말이 없어 더 그리운 형

조동진
〈제비꽃〉

2017년 세상을 떠난 조동진 형은 인내심과 성숙함으로 존경받은 뮤지션입니다. '유재하 음악경연대회'를 주최한 주인공이기도 하죠. 동진 형은 지금까지 제가 만난 사람 가운데 말이 가장 느리고 말수가 적은 분입니다. 처음 형을 만났을 때는 무게를 잡는다고 오해했죠. 동진 형은 추상화나 수묵화 같은 정제되고 함축된 노래를 불렀습니다. 서정적 표현까지도 절제해 가끔은 청자와 공유하지 못하는 혼자만의 참선 혹은 자기 위로처럼 느껴질 때가 있었습니다.

〈제비꽃〉은 옛사랑을 추억하는 노랫말로 시작하여 "음음음…"으로 끝나는 노래입니다. 마지막 부분을 마치 억지로

하는 입맞춤처럼 "음음음…"으로 마무리했는데, 저는 그것이 못마땅했습니다.

동진 형이 이끌던 '하나음악'에 있을 때 형에게 물었습니다. 왜 그렇게 말을 느리고 적게 하냐고요. 형은 "나는 원래부터 그랬어. 우울해서 그런지도 모르지만, 그러다 보니 후회할 실수는 적어지더라"라고 하더군요. 그러고는 가만히 앉아 여전히 다른 사람의 말을 듣기만 했습니다.

정신긴강의학과 의사가 되어 분석석 해석을 할 때면 최소한 세 번을 참고 재고한 후에 말을 하라고 배웠습니다. 그런데 그것이 참 힘들었습니다. 빨리 잘난 체하고 싶었으니까요. 사실 지금도 지키기 힘들죠. 그럴 때면 동진 형의 얼굴을 떠올리곤 합니다. 저는 아직 성숙한 어른이 되려면 한참 멀었나봅니다.

동진 형이 암을 앓는다는 소식을 전해 듣고도 저는 차일피일 문병을 미루다 여름이 물러갈 즈음에야 일산 형네 집에 갔습니다. 평소 그렇게 말이 없으신 분이 그날은 참 유쾌했습니다. 단둘이 쉬지 않고 여중생처럼 수다를 떨었죠. 속으로 뇌에 암이 전이된 것인가 걱정할 만큼요.

형은 먼저 떠난 형수에게 잘해주지 못한 후회를 이야기했습니다. 상대를 존중하고 자기 입장이나 신념을 강요하면 안 된다는 삶의 철학도 들려주었습니다. 형이 평생 실천한 태도이기도 하죠. 주변 사람들이 건강식만을 강요해서 맛없는 음식만 먹다가 죽겠다는 농담도 덧붙였습니다. 그래서 마침 제가 가지고 있던 고깃집 이용권을 드렸죠. 형은 "잘 먹을게" 하고 씩 웃더군요. 그리고 며칠 뒤 허망하게 돌아가셨습니다. 장례식장에서 장남이 "아버지께서 아주 맛있게 드셨다고 전해달라고 하셨습니다"라고 하더군요.

가르치기보다는 귀를 기울이고 상대방을 이해하려 노력하던, 안타까워도 도움을 청할 때까지 기다렸다가 도와주던, 동진 형이 무척 그립습니다. 물론 정말 중요한 문제라면 거부해도 조언을 해야겠지만, 최대한 건설적이고 상대방을 위하는 방식으로 말해야겠죠. '무엇을 말하는가'보다 '어떻게 말하는가'가 더 중요할 때가 많으니까요. 상대방을 배려해주다가 '왜 나만 퍼주나?'라는 억울함에 쓸쓸해지면 동진 형의 노래를 불러야 합니다.

형이 부른 〈어떤 날〉을 따라 불러봅니다. 문득 외로워지면 '벌판'으로 가서 바람을 맞으며 걸어야 합니다. 내가 얼마나 하찮은 존재인지, 얼마나 욕심을 부리고 있는지를 깨달을 때까지요. 그래도 안 되면 '벌판'을 지나서 강가로 가야죠.

강가에서 생존을 위해 몸부림치는 작은 생명들을 보며 다시 살아갈 힘을 얻을 수 있도록 말이죠.

나와 세상 사이에서 균형 잡기

엘턴 존
⟨Goodbye Yellow Brick Road⟩

⟨Goodbye Yellow Brick Road⟩는 엘턴 존이 만든 명곡입니다. 노랫말이 좋고 곡의 구성도 절묘하죠. 1970년대 발표된 노래 대부분은 도입부인 A파트의 멜로디를 두 번 반복하고 후렴으로 넘어가거나, 그 사이에 네 마디 연결 고리를 넣는 형식으로 구성되어 있습니다. 그런데 ⟨Goodbye Yellow Brick Road⟩는 A파트의 멜로디가 매번 조금씩 다릅니다. 네 마디마다 새로운 맛을 선물합니다. 그래서 갑자기 색깔이 다른 후렴으로 넘어가도 거부감이 없고 오히려 깜짝 놀라게 하며 기쁨을 선사합니다.

'노란 벽돌 길Yellow Brick Road'은 영화 ⟨오즈의 마법사The

Wizard of Oz〉에 나오는 길입니다. 주인공 도로시는 회오리바람에 휩쓸려 마법의 세계에 불시착합니다. 집으로 돌아가려면 위대한 마법사 오즈를 만나야 하고, '노란 벽돌 길'을 따라가야 한다고 배웁니다. '노란 벽돌 길' 위에서 도로시는 뇌가 없어서 무시당하는 허수아비, 따뜻한 심장을 원하는 양철 나무꾼, 겁쟁이 사자를 만나 그들과 친구가 됩니다. 다들 자신이 원하는 것을 얻기 위해서 역경을 극복하며 '노란 벽돌 길'을 꾸역꾸역 따리기죠.

그런데 알고 보니 원래 허수아비는 지혜롭고, 양철 나무꾼은 마음이 따뜻하고, 사자는 용감했습니다. 자신들만 그 사실을 몰랐을 뿐이죠. 도로시는 모험을 하다가 한참 후에 집으로 돌아가는 방법이 간단하다는 사실을 알게 됩니다. 구두의 뒷굽을 세 번 두드리기만 하면 원하는 곳으로 돌아갈 수 있었던 거죠.

결국, 내가 가장 원하는 것은 이미 내가 가지고 있거나 곁에 있다는 이야기입니다. 그러나 달리 생각해보면 세상이 보편적이라거나 진실이라고 제시하는 길과 내가 '나'일 수 있는 길이 다를 수 있다는 이야기이기도 합니다. 내가 어떤 사람이고 삶에서 무엇을 원하는지를 잘 파악해야, 즉 정체성을 잘 확립해야 헛수고를 하지 않고, 보답도 받지 못할 가능성을 줄일 수 있다는 뜻이죠.

⟨Goodbye Yellow Brick Road⟩의 작사가 버니 토핀은 능력으로 인정받고 싶은 욕망과 있는 그대로의 자신을 존중하는 마음 사이에서 고민하다가 이런 흐름의 노랫말을 썼습니다. '내가 주류 사회를 떠나면 곧 누군가가 그 자리를 메우겠지. 나 같은 사람은 떨어진 빵 부스러기를 찾아 냄새를 맡고 다니는 강아지 같은 존재지.' 그는 세상의 요구를 거부하고 자신만의 길을 걷기 위해 엘턴 존을 떠났다가 다시 돌아옵니다.

한 인간의 정체성은 희망 사항으로만 만들어지지 않습니다. 개인의 장단점, 여러 구성 요소, 자신에게 중요한 사람과의 조화로 결정됩니다. 삶은 현실과 개인 내면의 중간쯤에서 균형을 잡았을 때 가장 안정적이죠. 토핀도 힘든 과정을 거쳐 그것을 깨달았습니다.

'노란 벽돌 길'을 따라갈 수도 있고 그러지 않을 수도 있습니다. 선택의 권한과 책임은 나에게 있죠. 다만 자신과 주변을 더 잘 살피고, 판단이 옳은지 돌아보고, 더 잘해보려 노력하고, 다시 돌아와야 할 때는 자존심을 내려놓을 수 있는 용기를 가져야 합니다. 당신이 인생에서 현실과 이상의 균형을 잘 잡아나가기를 바랍니다.

혼자 생각하는 시간

비틀스
〈Strawberry Fields Forever〉

'영원히 딸기밭에 있고 싶다'는 말은 극단적이고 낭만적이죠. 〈Strawberry Fields Forever〉는 비틀스의 원조 보스 존 레넌이 작사했습니다. 레넌은 일찍 어머니를 여의고 한동안 보육원에서 자랐습니다. 보육원 옆에는 딸기밭이 넓게 펼쳐져 있었죠. 레넌은 어머니를 잃어 슬펐지만, 보육원에서의 생활이 오히려 행복했다고 회상합니다. 복잡한 상황과 걱정에서 벗어나 또래 친구와 놀 수 있었으니까요. 〈Strawberry Fields Forever〉에는 얽매이지 않아도 되는 그곳으로 다시 돌아가고 싶은 레넌의 마음이 잘 드러납니다.

자유는 눈을 감고 현실을 외면하는 상태가 아닙니다. 현실을 도외시하면 잠시 편하겠지만 끝내 자기중심적인 착각에 빠지고 실제와 이상의 괴리를 견딜 수 없게 되죠. 레넌은 '자유란 고정관념을 버린 개인적이고 객관적인 사유'라고 말하는 듯합니다. 정해진 틀을 벗어나서 사유하면 이해받지 못해도 삶에 융통성이 생겨서 자유로워지죠. 하지만 이상적인 생각을 실천하기란 무척 힘이 듭니다. 평상시에 자신에 대해 회의하고 새로운 대안을 도출해야 하니까요. 레넌도 생각과 실천의 괴리 때문에 고민을 거듭합니다. 레넌이 폴 매카트니처럼 좀 더 순진하고 긍정적이었다면 얼마나 좋았을까요. 그럼 좋은 노래들이 더 많이 나왔을 텐데요.

개인적이고 객관적으로 사유하기란 어렵습니다. 특히 우리나라에서는요. 어른들의 노동 시간과 아이들의 학습 시간이 너무 길어서, 혼자 생각하거나 가만히 있을 여유가 거의 없으니까요. 요즘은 '일과 삶의 균형' '공부와 놀이의 균형'을 맞추자는 이야기가 큰 호응을 얻고 있죠. 대찬성입니다. 특히 아이들이 건강하게 성장하려면 학습하는 시간만큼 친구와 놀거나 혼자 뒹구는 시간이 꼭 필요합니다. 아무리 강조해도 부모들은 모른 척하겠죠.

아이들은 '동화'와 '조절'을 통해 생각하는 능력을 발전시킵니다. '동화'는 구체적인 사실과 현상을 배우는 것입니다.

예를 들어 다리가 넷이고 털이 복슬복슬한 동물이 개라는 사실을 배웁니다. '조절'은 외부의 사실이 머릿속으로 들어와 자신만의 생각과 패턴을 만드는 것입니다. 다리가 넷이고 털이 있는 동물은 개가 아니라 고양이라고 배우면 아이는 자신이 아는 내용과 달라 헷갈립니다. 하지만 혼자 개와 고양이를 비교해서 두 마리 동물의 차이점을 파악하고 구별하며 더 다양한 자신만의 사고 패턴을 얻게 됩니다. 바로 이것이 조절된 학습이죠. 학습한 세부적인 사실을 나름대로 조절하여 전체적인 흐름과 패턴으로 만드는 것입니다.

숲 전체를 보는 능력을 얻으려면 원래 아는 것에 새로 배운 것을 더하고 혼자 생각하는 과정이 필요합니다. 아이들은 놀이로 숲을 보는 능력을 키우죠. 이를테면 엄마 아빠 놀이나 병원 놀이를 하면서 그것들의 개념을 이해합니다. 학생들은 선생님께서 가르쳐준 것들을 혼자 다시 풀어보며 배운 내용을 자신의 것으로 만들 수 있습니다. 본래 있는 인지 체계에 새것을 더하는 조절된 학습을 해야 하죠. 그러려면 혼자 공부하고 생각하는 시간이 필요합니다.

어른들도 잠시 일에서 벗어나 내가 어디에 있고 어디로 가고 있는지 되돌아봐야 합니다. 현재 나의 사회적 역할이 목표와 부합하는지 확인하고, 변화하기 위해 어떻게 해야 하는지 생각할 시간이 필요합니다. 잠시 현실을 외면하는 스트레스 해소는 일과 삶의 균형을 잡는 데 별로 도움이 되지 않습니다. 전체적인 조율이 필요하죠.

〈Strawberry Fields Forever〉의 치명적인 문제는 편곡입니다. 훌륭한 프로듀서인 조지 마틴도 가끔은 만행을 저질렀죠. 특히 매카트니를 편애해서 레넌의 곡을 무시하곤 했습니다. 작곡가, 편곡자 입장에서 보면 어느 정도 이해가 됩니다. 하지만 작사가로서 보면 용서가 안 됩니다. '극적이고 서정적인 묘사'가 담긴 곡을 템포가 빠른 곡으로 만들어 망쳐놓았으니까요. 빠른 곡의 인기에 편승한 것이죠. 〈Strawberry Fields Forever〉의 감정을 충실히 읽고 편곡한 리메이크곡을 들어보면 저의 분노를 이해할 수 있을 겁니다.

저는 〈Strawberry Fields Forever〉를 제 장례식의 배경음악으로 틀어달라고 아내와 아이들에게 부탁했습니다. 제가 인생의 정답을 모르고 레넌처럼 불안정한 사람이라 우왕좌왕했지만, 의미와 균형을 찾으려고 노력했다는 사실만은 알아달라는 뜻이죠. 또 영원히 딸기밭에서 딩가딩가 기타를 치며 즐겁게 노래하면서 놀 거라고 이야기하고 싶습니다. 저는 원래 그러라고 생겨난 존재였다고요.

희망할 줄 아는 능력

이적
〈걱정말아요 그대〉

불안과 분노와 두려움이 뒤섞인 세상을 살아가고 있습니다. 하지만 우리는 오늘도 잘 살아냈습니다. 잘못 살았다고 해도 내일은 새로운 시간이 펼쳐질 테죠. 저는 늘 내일은 더 좋은 날일 거라고 믿는 바보입니다. 먼 훗날 지금의 나쁜 일들을 떠올리면, 그렇게 나쁘지만은 않았다는 사실을 알게 되겠죠. 우리 힘으로 어찌할 수 없던 일들을 빼면 우리는 비교적 잘 살았고, 원하지 않던 부정적인 경험들을 통해 어려움을 이겨내거나 최소한 적응할 수 있는 기술들을 습득했습니다.

〈걱정말아요 그대〉는 드라마 〈응답하라 1988〉의 OST에 삽

입되어 재조명되었죠. 원곡은 전인권 선배가 불렀고, OST는 '똑똑한 뮤지션' 이적이 리메이크하여 불렀습니다. 위로가 절실한 우리에게 많은 위로를 준 노래입니다. 하지만 솔직히 저는 이 노랫말에 동의하지 않습니다. 후회 없이 사랑하고, 잘 풀리지 않으면 털어버리고 새로운 꿈을 꿔야 합니다. 그러나 아무 걱정도 하지 않으면 안 되죠. 내 탓이라고 자책하면서 지나간 일의 의미를 파악하지 않고 그냥 넘어가면, 똑같은 일을 또 더 크게 당할 것입니다. 혼자 걱정하지 말고 함께 도우면서 걱정을 나누어야 합니다. 그래야 덜 걱정할 수 있으니까요.

혼자 힘으로 걱정을 덜 하려면 긍정적인 생각, 적극적인 태도, 현실적인 기대를 하며 인내해야 합니다. 그래야 발전도 할 수 있습니다. 언제나 첫 단추 끼우기가 어렵고 시작이 반이듯, 긍정적인 마음이 가장 중요합니다. 친절하게 칭찬하며 가르쳐주고 도와주고 응원해줄 부모를 만나면 시작부터 쉽지만, 그렇지 못했을 땐 매우 어렵죠.

긍정적인 마음을 갖는 힘, 달리 말해 희망할 줄 아는 힘은, 스스로 원하는 목표에 이르는 방법들을 찾을 수 있다고 믿고, 스스로 동기를 부여해서 적극적인 행동을 할 수 있는 능력을 말합니다. 현실적인 희망을 품고 가꿀 수 있는 사람

은 그렇지 못한 사람보다 더 크게 성취할 수 있고 더 건강
합니다. 희망 사항이 아니라 연구 결과입니다.

　긍정적인 마음을 갖는 힘은 자신감과 '학습된 긍정주의'
에서 옵니다. 긍정도 학습됩니다. 지금 겪는 나쁜 일은 예상
하지 못했거나 운이 없는 상황 때문일 뿐 영구적인 실패가
아니고, 그 피해는 일부에 그친다는 사실을 배우고 반복해
경험하며 알게 됩니다. 무조건 상황과 남을 탓하라는 뜻이
아닙니다. 내가 대단히 좋고 완벽한 사람은 아니지만 부족
하고 나쁜 사람도 아니라는 사실을 믿으라는 것입니다. 사
실 우리 대부분이 그러하니까요.

아주 작은 희망을 키우는 습관이 필요합니다. 희망에 관한
연구는 아이러니하게도 '학습된 절망'과 우울증에 관한 연
구에서 시작되었습니다. 실험실에서 부정적 상황을 지속해
서 조장해도, 동물과 달리 인간은 쉽게 우울해하거나 절망
하지 않았죠. 그 이유를 찾아 '학습된 희망' 혹은 낙관주의
를 고조시키기 위한 연구가 시작되었습니다.

　희망을 학습하는 과정은 내게 닥친 역경을 객관적으로
파악하고, 그 원인과 영향을 자신을 보호하고 발전하려는
측면에서 이해하며, 부정적인 결과를 해결하거나 최소화하
는 방법을 생각하는 연습을 반복하는 것입니다. 예부터 전

해 내려온 상식과 지혜를 익히는 거죠.

연습과 더불어 패배주의적이고 감정적인 내 머릿속의 '악마'와 이성적인 논쟁을 해서 이길 수 있는 '천사'를 키우고, 나의 의욕과 내 머릿속의 천사의 힘을 키워주고 응원해줄 수 있는 좋은 스승을 찾아야 합니다. 인간은 늘 내 편이라고 믿을 수 있는 현명한 대상을 통해 발전하니까요. 지금 그런 사람이 없다면, 가까운 시일 내에 꼭 찾으시길 바랍니다. 그래야 걱정을 줄이고 행복에 더 다가갈 수 있을 테니까요.

어설픈 어른의 노래

정태춘
〈섬진강 박 시인〉

서글프게 투덜거리고 울적하게 웃기는 삐딱한 봄 노래가
있습니다. 정태춘, 박은옥 부부가 2012년에 발표한 앨범
《바다로 가는 시내버스》의 수록곡인 〈섬진강 박 시인〉입니
다. 전주와 간주 사이에 흐르는 리코더의 선율이 맑고 애잔
합니다. 한 사내의 고독, 고독에서 벗어나고 싶은 마음, 삶
의 의미를 찾기 위한 방황, 힘들게 찾고 지키고 싶었던 대
상과 가치를 상실한 후의 슬픔과 극복 과정을 들려줍니다.
〈섬진강 박 시인〉에서 '박 시인'은 박남준 시인인데, 시인의
시도 정 씨의 노랫말과 색채가 매우 비슷하죠.

정태춘, 박은옥 부부는 사회성 짙은 한국적 포크를 추구해

온 가수입니다. 1980년대 이후 이들이 발표한 노래가 우리 사회의 모순과 현실을 치열하게 비판하고 자기반성을 토로 했다면, 2012년에 발표한 《바다로 가는 시내버스》는 수줍 은 수긍, 이해, 유머, 승화, 공감을 보여줍니다. 이 앨범에 실 린 곡은 날 선 분노와 저항하는 직설을 내려놓거나 유보하 고, 정태춘 씨 노래의 시발점으로 회귀한 노랫말을 들려줍 니다.

《바다로 가는 시내버스》에는 성숙해지려고 노력하는 어 설픈 어른들의 노래가 담겼습니다. 내 마음과 같지 않은 세 상을 향해 한마디 꽥 내지르고 싶은 욕구를 억제하고, 억울 한 마음과 후회를 꾹 눌러 닦아두는 자신의 모습을 희화화 하여 구수한 농담으로 치환하고, 다른 사람들이 비슷한 심 정으로 읊조릴 수 있도록 현실을 승화했습니다.

《바다로 가는 시내버스》의 수록곡인 〈섬진강 박 시인〉은 쉰 살이 된 한 사내의 넋두리입니다. 마음은 아직 청춘이고 그 리움도 여전히 짙고 깊은데, 몸이 마음과 달라져 봄바람에 도 다리가 시린 그런 사내죠. 그는 왜 또 봄이 오냐고 버럭 화를 냅니다. 그러면서 두고보라고 저주를 퍼붓기까지 합니 다. 꽃이 피고 사랑한다고 법석이지만 사라질 것들은 언젠 가 사라지며 다 헛것이라고 말하는 듯합니다.

사실 그는 허무하게 말하지만 떠난 것들을 그리워합니다. 신소리는 저주와 훈계를 가장한 후회와 그리움이죠. 그는 도랑다리 위에서 흐르는 강물을 물끄러미 바라보다가, 누군가 자신을 부르는 소리를 듣습니다. 뒤돌아보니 아무도 없죠. 그는 강물 위에 다시 돌아올 수 없는 시간과 기회와 사람에게 보내지 못할 편지를 쓰고 지우고 다시 쓰기를 되풀이합니다. 이런 '심경의 언어화'는 자신의 모습과 지난 삶을 잘 파악하고 이해해 예전보다 너그럽게 받아들이려는 반추 행위입니다. 봄날의 섬진강으로 뛰어들지 말고 한번 잘 살아보자고 애쓰는 마음입니다.

관용은 성숙한 인간이 되기 위한 필수 덕목입니다. 타인이 보여주길 바라는 태도를 내가 먼저 보여주고, 타인이 마음에 들지 않아도 거부하지는 않는 것이죠. 이런 태도는 우리의 사이좋은 공존에 필요한 조건입니다. 수용은 한 걸음 더 나아가 상대방을 내 마음에 들도록 변화시키려 하지 않겠다고 결심하는 덕목입니다. 상대방과 상황을 진정으로 이해하고 수긍하기 위해서는 관용과 수용이 중요합니다.

〈섬진강 박 시인〉을 들으면 아버지가 어린 손녀를 안고 어색하게 웃는 모습, 진심을 내보인 것이 창피해서 괜히 아이를 울리는 모습 같은 이미지가 떠오릅니다. 따뜻하고 부드러운 아버지가 아닌 속마음을 보이는 데 익숙하지 않은 아버지 말입니다. 그리고 정 씨에게 고맙다고 말하고 싶어집니다. 저와는 성향이 매우 다르지만, 우리말이 지닌 음과 리듬을 노래에 적용하는 방법을 가르쳐준 저의 소중한 음악 선생님 중 한 분이니까요.

자신을 감추는 방어기제

이글스
⟨Desperado⟩

⟨Desperado⟩의 전주는 인상적입니다. 쨍그랑 깨질 듯한 어느 맑은 겨울날, 빙판길을 달리다가 브레이크를 밟을 때처럼 조심스럽고 멈칫거리고 아슬아슬하게 출렁거리는 것 같은 묘한 느낌을 불러일으키죠. 이토록 불안을 멋지게 연출한 전주가 또 있을까요?

사실 minor 6 코드는 곡을 멋있게 만들지만 코드의 불완전성 때문에 사용하기 쉽지 않습니다. 그래서 전주나 간주에서 베이스음을 하나씩 떨어뜨리며 한참 준비를 한 후에 딱 한 번 사용하는 코드입니다. 인생의 멋진 순간도 오랜 준비 시간이 필요하죠. 그리고 그 순간은 반짝 빛났다가 순식간에 사라지곤 합니다. 이렇게 멋지게 진행되던 전주가 어느 순간

딱 멈춥니다. 그리고 짓궂게 한참을 기다리게 만듭니다. 듣는 사람의 입엔 침이 고이죠. 정말 멋진 애피타이저죠?

1인 가구가 늘고 있습니다. 혼밥과 혼술이 흔한 일상이 되었습니다. 뿔뿔이 흩어져 사는 가족이 모이면 안타깝게도 기쁘기보다 마음에 상처를 받는 경우가 더 많습니다. 윗사람의 독재적인 사고방식이나 배려하지 않는 태도 때문일 때도 있지만, 엇비슷한 처지에 있는 사람끼리 경쟁하고 비교하고 시기하여 등을 돌리기도 합니다. 사소한 문제를 가지고 힘겨루기를 하다가 큰 문제가 생기고, 상처를 주거나 무시하려는 의도가 없었던 말에 혼자 분노하고, 작은 견핍 하나로 열등감과 시기의 늪에 빠지곤 합니다.

과도한 경쟁심과 시기는 열등감에서 비롯합니다. 열등감은 '네가 참 좋다!' '너를 사랑한다!' 하는 말이 아닌 반대말을 많이 듣고 자랐거나, 그 말을 믿지 못하게 만드는 일을 자주 겪었기 때문에 생깁니다. 열등감에 휩싸인 사람은 그런 자신의 모습을 들킬까봐 두려워서 여러 방법으로 자기 방어를 하고, 그 정도가 심각해지면 스스로 사회에서 멀어지는 길을 택합니다. 길을 가다가도 모르는 사람이 자신을 비웃거나 비난한다고 느끼기도 하죠. 끝내 가족도 믿지 못하고 방 안에 깊은 굴을 파고 숨습니다.

열등감이 높은 사람은 싸워도 어차피 진다고 생각하기에 애초에 포기하고 무조건 복종하는 쪽을 택합니다. 시킨 것도 아닌데 풍경이나 지나가는 사람 역할을 하죠. 과도하게 눈치를 보고, 자기주장을 못 하고, 작은 부정적 반응에도 깜짝 놀라서 어쩔 줄 몰라 하거나 얼어붙습니다. 열등감이 있는 사람은 자신의 못난 모습을 감출 수 있겠다 싶으면, 여러 전략과 전술을 사용해서 '못나지 않은 척'을 합니다. 더 나아가 '잘난 척'을 하기도 하죠.

완벽주의를 추구하거나, 고집스럽거나, 비판적이거나, 냉소적이거나, 거만하거나, 명령하듯 말하거나, 위협적인 태도라는 가면은 상대방을 깎아내림으로써 자신이 잘나거나 강해 보이려는 도구입니다. 반면 쿨하거나, 유혹적이거나, 현학적이거나, 지나치게 감상적이거나, 자상하거나, 너그러움이란 가면은 자신의 비교적 잘난 일부분을 과도하게 내세워 못난 부분을 가리려는 연막전술의 도구입니다. 이런 방법은 타인에게 피해보다 도움이 되는 경우가 더 많습니다. 하지만 당사자는 연기를 계속해야 하기에 괴롭죠.

열등감 탓에 타인을 믿지 못하게 되는 경우가 많습니다. 그래서 열등감에 찌든 사람은 다른 사람과 어려움을 나누고 협력해서 문제를 해결하지 못하고 자신을 피해자라고 여깁니다. 자신을 향한 무시와 비난에서 문제가 시작되었다고 생각하고, 잠시 방심하면 타인이 언제든 자신을 무시하고 지배할 거라고 믿죠. 그래서 과거에는 필요했으나 지금은 오히려 방해되거나 피해를 주는 잘못된 방어기제를 내려놓지 못합니다.

건강한 사람은 자신감이 넘치는 사람이 아닙니다. 사실 자신감이 넘치는 사람 중에는 허세를 부리거나 겁을 먹었거나 현실 감각을 잃은 사람들이 꽤 있습니다. 건강한 사람은 무난하지만 꼭 해야 할 말을 하고 별로 매력적이지는 않지만 친근한 사람입니다. 이 세상을 잘 굴러가게 하는 보편적인 우리입니다.

⟨Desperado⟩에서 '이글스'의 돈 헨리는 자신에게 이렇게 말하는 듯합니다. '네 앞에 참 괜찮은 것들이 있는데, 넌 왜 늘 네가 가질 수 없는 것만을 원하니? 어서 문을 열어. 사람들이 너를 사랑할 수 있게 기회를 줘. 후회하기 전에….' 나의 모습을 솔직하게 드러내어 누군가 나를 사랑할 수 있도록 허락해주면 좋겠습니다.

자유를 찾기 전에 할 일

퀸
⟨I Want to Break Free⟩

'정말 지긋지긋한 이곳을 떠나고 싶다. 나를 비난하고 무시하고 괴롭히는 저 상사에게서 벗어나고 싶다. 하지만 어떻게 해서 들어온 곳인데… 다른 대안이 없잖아?'

현실의 뜨거운 맛을 본 사회초년생이 고통을 이기지 못해 진료실을 찾아옵니다. 그 고통의 주된 원인은 못된 상사와의 갈등이죠. 이직이나 승진을 한 사람도 상사 또는 동료와의 마찰 때문에 공황발작을 겪고 병원에 찾아옵니다. 최근 퇴사의 가장 큰 이유가 상사 및 동료와의 갈등이라는 조사 결과도 있었죠.

상사와 갈등이 커진다면 먼저 관계 개선을 위해 최선을

다해보고, 안 되면 직장이란 조직문화의 한계를 수긍하고 감정을 최대한 절제하면서 업무 능력을 향상하는 데 집중해야 합니다. 최선을 다해 어렵게 얻은 것을 지켜야죠.

상사와 관계를 개선하자는 말에 어이없어하는 분들이 많을 것입니다. 하지만 조직도 결국 관계의 힘으로 돌아갑니다. 영혼을 팔자는 것이 아니라 갈등의 가장 흔한 원인인 선입견이나 오해를 풀고 관계를 바로잡자는 것이죠.

먼저 반복되는 갈등에 대해 상사와 솔직하게 대화해야 합니다. 최후의 수단이라 생각하지만 사실 가장 먼저 선택해야 할 방법이죠. 더 나빠지기 전에 내가 생각하는 문제와 해결책을 논리적으로 준비한 후 공식적인 면담을 신청합니다. 최대한 예의를 갖추며 눈을 맞추고 회사를 위하는 마음으로 준비한 내용을 정확히 전달합니다. 둘 사이에 어떤 문제가 반복되는지, 어떻게 의사소통이 안 되는지, 구체적인 예시를 들어 말합니다. 당연히 문제에만 초점을 두고, 상사의 성격과 언행에 대한 언급은 피해야 하죠.

정말 상사와 좋은 관계를 형성하고 싶다면, 상사가 주장하는 회사를 위한 길에 동참해야 합니다. 원하는 것을 성취하도록 도와주는 사람을 싫어하는 사람은 없죠. 상사의 행동과 업무 방식을 파악해서 일어날 수 있는 문제들을 예상하고 해결책을 준비해야 합니다. 그가 어려워하는 업무를 배워 도움을 주려는 모습을 보여준다면 금상첨화겠죠. 대화와 지시 내용을 기록하고 이메일도 보관해서 지시 내용을 정확하게 이해했음을 알게 해야 합니다. 물론 나중에 상반되는 지시나 거짓을 증명할 증거로 사용할 수도 있죠.

감정 조절이 매우 중요합니다. 부하 직원으로서 예의와 업무 태도를 지켜야 하죠. 정 참지 못하겠으면 무례하다고 해도 대화를 잠시 중단해야 합니다. 대화를 재개하면 상사는 당연히 화를 낼 것입니다. 이때 중간에 말을 끊지 말고 변명하지 말고 업무 혹은 의사소통의 문제에 대해서만 말해야 합니다. 이 상황의 증인이 있으면 더 좋겠죠. 화가 난다고 태업하지 말고 더 열심히 일해야 합니다. 절대로 상사에게 이득이 되는 무기를 주면 안 되니까요.

나만 유난히 못살게 군다면 그 이유를 찾아내서 해결해야겠지만, 모두 힘들어한다면 그냥 성격 더러운 사람이라고 인정해야 합니다. 그와 얽힌 관계가 계약과 조직의 관계란 걸 잊지 말고, 조직의 질서와 보고 체계를 잘 지켜야 하죠.

이렇게 참고 노력해도 갈등이 더 악화된다면 어쩔 수 없이 더 높은 지위의 상사에게 구체적인 예들과 증거들로 문제를 제시하고 도움을 청해야 합니다. 직장을 지키기 위한 마지막 단계죠. 감정적 괴로움의 호소는 자제해야 합니다. 면담 이전에 부서 이동의 가능성을 알아보고, 내가 회사에 필요한 직원으로 인정되는지도 확인한 후 이동을 부탁해야 합니다. 나쁜 상사가 그 위치에 있는 이유가 분명 있을 것이고, 나를 위해 그를 다른 곳으로 보낼 가능성은 매우 낮으니까요. 그 어떠한 노력도 효과가 없다면 이젠 떠날 때입니다. 마지막까지 충실하게 일해야 후환이 없습니다. 그리고 어디든 나쁜 상사는 있죠.

'퀸'은 〈I Want to Break Free〉에서 자유를 이야기합니다. 그리고 스스로 자유를 쟁취할 수밖에 없다고 노래합니다. 직장에서 행복하게 지내기 어렵더라도, 행복을 포기하지 않았으면 합니다. 24시간 중 반나절을 우리는 직장에서 보내니까요. 그 시간이 행복하지 않으면, 우리 인생의 절반이 행복하지 않은 거니까요. 용기 내어 힘든 일을 해결하고 그것에서 벗어나는 것, 그것이 자유 아닐까요?

내 안의 지킬 박사와 하이드 씨

일렉트릭 라이트 오케스트라
⟨Evil Woman⟩

⟨Evil Woman⟩의 노랫말을 제가 이해한 바대로 요약하면 이렇습니다. '너는 도덕적 가치를 짓밟았고 대가를 치르고 있지. 네가 고통받는 것을 보니 내 가슴이 후련해진다. 넌 악마 같은 사람이니까.' 어떻게 '일렉트릭 라이트 오케스트라'는 예쁜 멜로디에 사이다 발언을 붙일 생각을 했을까요? 그 여자는 정말 악마 같은 사람일까요? 꼭 그렇지만은 않을 가능성이 매우 큽니다.

인간은 대부분 자신이 비교적 선한 사람이라고 믿습니다. 실제로 우리는 착하고 옳은 사람이 되려고 노력하죠. 때론 욕망과 감정에 휩쓸려 실수를 해도, 대개 봐줄 수 있거나 눈감아줄 수 있는 수준입니다. 또 우리는 '자기 합리화 능력'을 지녔기에, 착한 자아상은 크게 흔들리지 않습니다.

우리 편이 대체로 윤리적인데 어떤 특정한 문제에서 배타적일 때, 우리는 잘못을 눈감아주거나 외면합니다. 상대편이 우리 편을 비난해서 싸움이 일어나면, 우리는 분노하며 더 큰 윤리성을 주장하고 약간의 비윤리성마저도 타당하게 여깁니다. 누군가 의도하지 않았는데 저절로 작은 이득을 얻는 경우가 있습니다. 그럼 부정행위를 신고하기보다 다른 사람이 그랬던 것처럼 나도 묵인하고 넘어갑니다. 신고하기 귀찮고 남들도 그러니까요.

이렇듯 인간 대부분은 물질적 이득이나 편익을 챙기려고 계획을 세워 부도덕한 행동을 하는 게 아닙니다. 오히려 비합리적인 이유 탓에 도덕성을 포기하곤 하죠. 인간 대부분은 반사회적이지 않은 비교적 착한 사람인 동시에 감정에 휘둘리는 비이성적 존재인 거죠.

인간이 부도덕하거나 부정직해지는 가장 큰 이유는 개인적 이익에 대한 욕망과 공적 책임 사이에서 이익 충돌이 일어나기 때문입니다. 작정하고 이기적인 행동을 하는 것이 아니라 욕망과 윤리가 충돌할 때 저도 모르게 자신에게 이익이 되는 논리를 펴는 것이죠. 팔이 안으로 굽듯 말입니다.

한 분야에 정통한 전문가 둘이 상반되는 주장을 하는 것이 좋은 예입니다. 상반되는 논리로 혼란스러울 때, 인간은 모순을 해결하기 위해서 한쪽을 선택해서 그것을 더 강하게 믿고, 기각한 것을 과도하게 부정합니다. 다면적 사고를 할 수 있는 능력이 있지만 자기를 합리화하기 위해 이분법적 논리를 택하는 것이죠.

두 번째 이유는 몸과 마음이 피로하고 감정이 격앙되기 때문입니다. 몸이 지치고 본능이 적절히 충족되지 않으면 이성의 힘이 약해져 감정에 휘둘리게 되고, 우리를 노리는 수많은 유혹에 넘어갈 가능성이 커집니다. 분노도 마찬가지입니다. 상대방의 비윤리적인 언행에 복수하기 위해 윤리를 저버리곤 하니까요.

세 번째 이유는 한 번 잘못을 저지른 후에 '어차피 이렇게 된 거' 하면서 잘못을 반복하거나 잘못된 것을 바로잡지 않기 때문입니다. 얼떨결에 얻은 꽤 멋진 허위 이력을 달고 다니는 것처럼 말이죠. 창의력이 높거나 자기 합리화를 할 수 있는 능력이 큰 사람일수록 더 부정직하다고 합니다. 일단 저지르고 나서 합리화할 가능성이 크기 때문이죠.

네 번째 이유는 부정직함이 사회에 전염되기 때문입니다. 내가 속한 집단의 누군가가 비교적 작은 부정행위를 했는데 처벌받지 않고, 그런 일이 몇 번 반복되면 그 행위는 사회적으로 용인되거나 용서받을 수 있는 일로 인식됩니다. 윤리 규범이 느슨해지고 나도 그런 행위쯤 해도 될 듯한 생각이 드는 거죠.

반면 우리와 대립하는 집단의 누군가가 부정행위를 하는 것을 보면 난리가 납니다. 마녀사냥을 시작하죠. 그것은 적을 벌하는 동시에 우리가 훨씬 더 좋은 사람들이라는 도덕적 우월감을 가져다주니까요. 하지만 심증으로 공격했다가 물증이 나오지 않으면, 곧 역공을 받습니다. 악플을 퍼붓거나 뒷말을 하고 나서 '다들 그렇다고 해서 그런 줄 알았지'라고 자책감을 피하며 자기 합리화를 하는 경우가 있죠.

우리는 비교적 착하지만 아주 착하지는 않습니다. 그렇기에 눈을 부릅뜨고 매일 우리의 도덕적 척도와 상태를 수시로 확인해야 하죠. 처지를 바꿔서도 생각해야 합니다. 너도 나도 천사도 아니고 악마도 아님을 잊지 말아야 합니다.

나를 돌아보고 반성하는 계절

마멀레이드
〈Reflections of My Life〉

스산한 가을바람은 잊고 지낸 일들을 떠올리게 합니다. 쌀쌀한 바람이 옷깃을 스치면 아직도 가슴에 아물지 않은 구멍이 있음을 알게 되죠. 저무는 한 해와 인생에 의미를 부여하고 싶은 본능 때문입니다. 변고를 당하지 않는다면 삶을 되돌아보며 후회하고 반성하고 정리를 하는 시기가 찾아옵니다. 어떤 사람은 과거에 얽매여 머물고, 또 다른 사람은 적응과 변화가 필요함을 깨닫고 새로운 시작을 준비합니다.

스코틀랜드 출신인 '마멀레이드'의 유일한 히트곡 〈Reflec-tions of My Life〉는 1970~1980년대 음악다방에서 꼭 한 번쯤 틀어주던 곡이죠. 촌스럽게 통통거리는 베이스와 3도

화음이 조화롭게 어우러져 선배와 친구가 즐겨 부르는 애창곡이었습니다. 지금도 물기를 머금은 듯한 전주의 베이스가 울리면, 기억하고 싶지 않은 흑백사진들이 파노라마처럼 지나갑니다. 어리숙할 수밖에 없는 청소년기, 어설펐기에 흉터만 남은 사랑, 실수와 잘못된 선택들로 후회스러운 순간이 떠오르죠. 아주 이상하게 고통스러운 따스함을 느끼게 해주는 노래입니다.

자신을 되돌아보는 능력은 인간에게 가장 중요한 능력입니다. 몇천 년 전부터 현자들은 이구동성으로 '너 자신을 알라'고 애원했죠. 제가 상담실에서 하는 주된 일도 상황을 직시하고 문제를 해결하자고 설득하는 것입니다. "지금 당신이 어떤 상황에 놓여 있고, 왜 그 일이 일어났으며, 어떻게 해결할 수 있을지를 판단하고 선택하자"고 이야기하며 고민을 함께 풀어나갑니다. 성공률이 낮지만 필요한 과정입니다.

잘 살고 싶다면 남 탓을 하기 전에 나 자신 먼저 돌아보고 발전시켜야 합니다. 그러려면 나를 괴롭히고 방해하는 근본 원인을 파악해야겠죠. 안타깝게도 우리는 원초적인 틀에서 벗어나지 못하고 있으니까요. 그다음은 내가 다다르고 싶은 목적지를 정해야 합니다. 장기적 목표에 도달하는 길을 계획하고, 단기적 목표를 설정해야 하죠. 원하는 바를 이루기 위해서는 내 장단점과 한계점을 파악하고 수긍해야 합니다. 가장 고통스러운 과정인데 이때 고통을 최소화하려면 자신의 삶을 전반적으로 이해해야 합니다. 내 삶을 객관적으로 보려고 애써야 하죠. 또 고정관념과 과거의 경험에 얽매이지 말아야 합니다. 자신을 깊이 되돌아보면 똑같은 패턴을 반복하는 자신의 모습을 발견하게 됩니다. 고정관념을 깰 안전한 계획을 세우고 앞으로 나아간다면, 자신을 가두던 알을 깨고 나오는 경험을 되풀이할 수 있습니다. 이런 성공적인 과정을 반복하면 자신감이 커지고, 사고가 긍정적으로 변하며, 발전하려는 열정이 생겨납니다. 더 풍요로운 삶으로 안내하는 조건들이죠.

하품이 나오는 교과서적인 이야기가 해답을 줄 때도 있습니다. 오늘은 '마멀레이드'의 촌스러운 베이스 연주를 들으며 자신을 돌아보고, 더 늦기 전에 변화를 시도해보면 어떨까요.

지금의 나, 미래의 나

김동률
〈출발〉

자의 반 타의 반으로 세운 계획은 모두 작심삼일로 끝났습니다. 하지만 다시 새해를 맞은 기분으로 계획을 실천해보려고 합니다. 남에게 휩쓸려 세웠던 계획은 접어두고요. 작심삼일도 꾸준히 하면 좋은 습관이 됩니다.

마음먹은 지 사흘 만에 계획이 무너지는 이유는 과도하게 비현실적인 목표를 세우기 때문입니다. 구체적이지 않은 전략도 문제입니다. 늘 방해만 하는 세상 탓도 있죠. 작심삼일의 악순환에 빠지지 않기 위해서는 현실적으로 실행할 수 있는 작은 목표를 세우고, 비록 느릴지라도 꾸준히 변화를 추구해야 합니다. 말은 쉽고 행동하기는 늘 어렵습니다.

그런데 굳은 결심이 작심삼일로 끝나는 진짜 이유는 따

로 있습니다. 우리는 좋은 목표를 세우고 계획을 실천하면 내가 전혀 다른 사람이 될 거라고 착각합니다. 어떤 사람은 미래의 나를 타인이라고 생각합니다. 현재의 나를 부정하기에 다른 사람이 되겠다는 것이죠. 그래서 우리는 미래의 우리에게, 타인에게 거는 기대만큼 빡빡한 기대를 겁니다. 조금만 힘들어도 현재의 자신에게는 지나치게 너그러워지면서 말이죠. 하지만 안타깝게도 미래의 나는 현재의 나와 별반 다르지 않습니다. 미래의 나를 현재의 나와 다른 존재로 설정하는 것, 이것이 작심삼일의 진짜 이유인 거죠.

자신을 생각할 때와 남을 생각할 때 활성화되는 뇌의 부위는 다릅니다. 10년 뒤 자신의 모습을 생각하게 하고 뇌 엑스레이를 찍어보면, 대부분 타인을 생각하는 뇌의 부위가 활성화됩니다. 반면 자신이 세운 계획을 잘 수행하는 사람은, 자신을 생각할 때 사용하는 뇌의 부위를 활성화하죠. 미래의 나를 현재의 나처럼 대할 수 있는 사람입니다. 미래의 내가 현재의 나와 비슷하다는 사실을 더 잘 인식할수록, 계획을 실천하는 수준이 높아진다는 의미입니다.

청소년기 이후에 정체성은 급변하지 않습니다. 극단적인 성형수술도 내면을 크게 바꾸지 못하죠. 타인인 척 연기를 하며 살기는 힘듭니다. 잠시 긴장을 늦추면 금방 과거의 자신으로 돌아오니까요. 계속 긴장을 유지하기란 사실 불가능하며 건강에도 해롭습니다. 그러니 대단히 발전하거나 놀랍게 변신하겠다는 엄청난 계획보다 조금 나은 사람이 되기를 새 출발의 목표로 정해야 합니다. 우리가 믿는 신앙, 철학, 윤리, 정치적 신념 등의 핵심에 '조금 더' 다가가서 '조금 더' 좋은 사람이 되겠다는 목표가 가장 현실적이죠. 자신이 믿고 따르는 것들의 좋은 점을 잘 지키면서 조금씩 변하려고 노력하는 '초미시적 진보주의자'가 되자는 것입니다. 전혀 다른 내가 아닌 조금 나은 내가 되기 위해서 말이죠.

기적이 일어나거나 완벽하게 변신하는 건 힘든 일입니다. 그런 약속을 하는 사람들에게 속지 말아야 하고, 자신을 속이는 짓도 하지 말아야 합니다. 아주 작은 변화를 만드는 것조차 꽤 힘듭니다. 참고 견디며 도움을 주는 사람과 함께하면 변할 가능성은 조금 커지지만요. 전혀 다른 사람이 되려 하지 말고 넘어지고 헤매도 조금씩 나아가는 것, 그것이 우리가 할 수 있는 최선이겠죠.

〈출발〉을 부른 김동률도 나지막이 동의해주는 듯합니다. 이따금 속수무책 무릎을 꿇어도, 갈피를 잡지 못해도, 조바심 내지 않으며, 작은 것들에 감탄하며, 익숙하지 않은 땅으로 떠나자고요. 숨을 깊게 들이마시고 다시 새롭게 출발합시다. 보장된 미래는 없고, 득과 실은 늘 공존합니다. 하지만 긍정 쪽에 한 표를 던진다고 손해를 보는 경우는 거의 없죠.

저는 '내일은 더 좋은 날일 거야'라고 믿는 낙천주의자가 되기 위해 노력합니다. 제 어머님의 가르침 때문이죠. 어머니는 늘 말씀하셨습니다. "못 먹어도 고야! 그리고 내가 지면 무조건 삼세판이야!" 새 출발을 해도 언제나 삶이라는 게임의 규칙은 같습니다. 긍정적인 생각, 적극적인 태도, 현실적인 기대를 품고 조금 더 좋은 사람이 되기 위해 인내하며, 조금씩 꾸준히 앞으로 나아가기.

너는 잘 살아갈 것이다

글로리아 게이너
〈I Will Survive〉

정말 많이 힘들지? 너의 횡한 눈을 보면 내 가슴이 무너진단다. 네가 묘사하는 너의 일상은 지옥에서의 날들이니까. 수치심과 자기혐오는 인간이 가장 견디기 힘든 감정이지. 슬프면 울고 화가 나면 화를 내고 두려울 땐 도망가면 감정이 누그러지지만, 수치심은 다르지. 수치심은 자신을 비난하고 혐오하는 것이라 스스로 조절할 수 없으니까. 내가 나의 피할 수 없는 처벌자이자 가해자가 되는 거니까.

대학수학능력시험을 위해 다른 아이들은 나름대로 쌓아온 기초 정보로 세상의 평가를 준비하지. 하지만 오래전부터 너는 너와 너를 둘러싼 사람의 기대에 부응하지 못할 거라는 두려움을 이기지 못해 좌절하고 멈춰버렸어. 센 척하며 저항도 하고 세상을 탓하며 무관심한 척도 했지만, 결국 냉정한 눈으로 자신을 직시하고 너 자신을 패자라 불렀지.

네가 자퇴한다고 했을 때 나는 찬성했어. 고통을 견딜 힘이 없으니 힘을 기른 후에 다시 전쟁터에 나가야 한다고 판단했거든. 하지만 목표와 동기를 찾아야만 노력할 수 있다는 의견에는 반대했어. 혼자 힘으로 그것을 단기간에 찾기는 힘드니까. 우리는 함께 고민했고, 너는 미래를 위해 보험처럼 졸업장을 딴다는 '상식적인 판단'을 했지. 그리고 고통스러운 시간을 훌륭하게 견뎌냈어.

넌 패자가 아니야. 살아남은 사람이지. 고통을 인내한 승자란다. 보편적인 경주를 완주하진 않았지만, 네가 결심한 계획을 충실하게 완성했어. 기대 이상이었지. 대학 입시는 전부가 아니야. 단지 도토리 키 재기 대회에서 조금 더 큰 도토리를 가려내는 게임이지. 세상이 학생을 점수로 평가하는 것을 안타깝게 생각해. 특성과 장점에 맞는 진로를 설정해주면 좋겠지만 쉽지 않은 일이지. 하지만 인생이란 여정에는 수많은 관문이 있고, 필요한 과정을 한 단계씩 잘 통과한다면 너는 '너의 삶을 산 승자'가 될 수 있단다.

용기는 두려움이 있어야 생기는 거야. 작은 성공이 쌓여 자신과 세상에 대한 믿음이 커질수록 용기 낼 힘도 자라지. 용기는 혼자만의 힘으로 키울 수 없어. 소중한 사람과 그 사람의 사랑이 필요하단다. 네가 용기가 없었던 이유는 너를 제대로 사랑해주는 사람이 없었고, 사랑을 제대로 경험하지 못해서일 거라고 생각해.

넌 고통과 두려움을 견디며 이제 목표를 위한 디딤돌을 마련한 거야. 성실하게 인내하고, 감정을 조절하고, 열정을 지키고, 자신의 마음을 돌볼 줄 알게 되었지. 지금부터 승패나 흑백으로 구분되지 않는 복잡하고 다양한 현실을 살며 네가 원하고 결정한 삶을 조금씩 찾아간다면 용기도 더 커질 거라고 믿어.

글로리아 게이너는 〈I Will Survive〉에서 '살아가는 법'을 노래했지. 처음에는 두렵고 죽을 것 같았지만 시간이 흐르며 살아갈 용기를 얻었다고. 타인의 삶이 아닌 내 삶을 살고 사랑하는 믿음을 얻었다고. 이제는 눈물을 흘리지 않고 바닥을 보지 않고 살아가고 있다고. 나는 잘 살아가겠다고. 바로 너처럼 말이야.

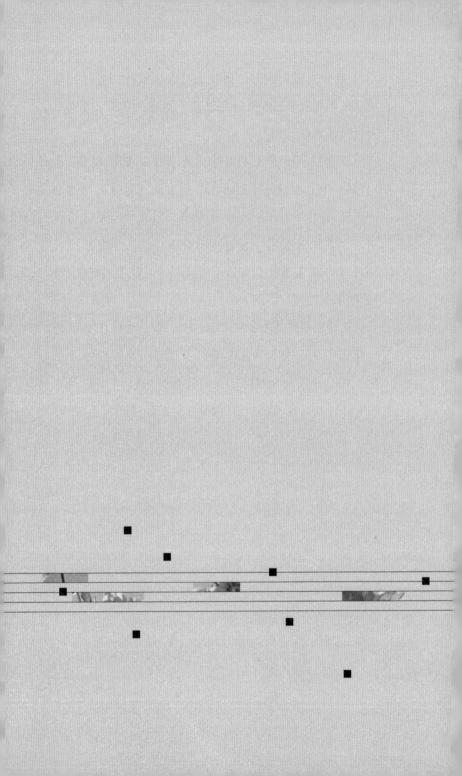

PART 2

사람을
사랑하는 시간

우리는 있는 그대로 민낯을 노출했기에
서로를 진심으로 사랑할 수 있었습니다.

같은 시간, 다른 추억

이소라
〈바람이 분다〉

여자는 머리칼을 짧게 잘라달라고 말합니다. 미용실 직원이 "무슨 일 있으세요?"라고 조심스럽게 묻습니다. "그냥요. 날이 너무 더워서요"라는 여자의 대답에 직원은 잠시 머뭇대다 단호하게 가위질을 시작합니다. 등 뒤에서 다른 손님들이 쑥덕이고, TV에 나오는 뉴스는 비극적인 소식을 전합니다.

　미용실을 나서는데 우산을 펴고 사람들이 지나갑니다. 습한 바람이 잘린 머리칼 아래로 드러난 목을 휘감습니다. 길 위를 뒹굴던 검은 비닐봉지가 바람에 휘날립니다. 비닐봉지는 바람을 거부하며 우왕좌왕하지만 결국 바람에 이끌려 어디론가 사라집니다. 여자는 그 광경을 보다가 제 모습인 것 같아 숨이 막힙니다. 애써 참았던 울음이 끝내 터집니다.

여자는 생각합니다. '내가 아끼고 원한 것이 그 사람에게는 아무것도 아니었구나.' '헤어진 순간이 아니라 이미 오래전부터 서로 다른 물감으로 추억을 그리고 있었구나.' 그렇게 비극은 시작되었습니다. 〈바람이 분다〉를 들으며 노래 속 이별한 여자의 모습을 구체적으로 상상해보았습니다.

트라우마는 자주 오용되고 남용되는 용어입니다. 트라우마란 심각한 재해를 당한 후에 생기는 비정상적인 심리적 반응입니다. 생명에 위협을 받거나 가치를 부정당하거나 심각한 비난을 받는 등 정신적 외상을 겪으면 이를 재경험하는 것을 피하려고 과도한 걱정과 회피 반응을 보이지요. 이로 인한 상처는 대부분 무시와 비난에서 비롯됩니다. 그리고 트라우마를 준 가해자는 대부분 우리가 가장 사랑하는 부모님입니다. 극악무도한 사람이나 나쁜 세상일 때도 있지만요.

트라우마를 심하게 겪는 사람은 또 상처를 받지 않도록 피해야 합니다. 사랑하는 사람이 가해자라면 안타깝게도 그 사람을 떠나야 하고, 이 세상이 가해자라면 이 세상에 대항하는 힘을 축적할 때까지 피해야 하죠. 그런데 나에게 해를 끼친 잘못된 애착 대상 외에 나를 해치고 싶어 하는 사람은 거의 없습니다. 이 세상은 나에게 그다지 관심이 없으니까요. 그 사실을 잘 파악하고 내가 안전하다는 것을 확신할 수 있어야 합니다.

트라우마에 시달리는 사람들은 과거의 폭행이 지금도 매일 일어난다고 느끼죠. 그런데 현재는 현재일 뿐 과거는 이미 지나갔습니다. 과거의 폭행이 현재 재연되지 않는다고 자신을 설득해야 과거의 트라우마에서 벗어날 수 있습니다. 자신을 통제할 수 있는 사람은 자신뿐이고, 과거에 휘둘리지 않아야 새로운 삶을 시작할 수 있습니다. 트라우마는 대부분 어릴 때 우리가 힘이 없어서 생긴 거죠. 자신의 한계를 용서하려면 타인의 도움이 필요합니다. 수치심과 슬픔은 타인과 공유할 때 줄어드니까요. 과도한 기대를 버리고 한 걸음씩 걸으면 먼 길 끝에서 밝은 빛을 만날 수 있습니다.

시작은 희극이었지만 결말은 비극이었던 사랑, 누구나 경험해보았을 겁니다. 이별 후 미용실 앞에서 거울을 보는 여자의 얼굴은 어땠을까요. 이소라 씨라면 담담한 표정을 지었을 것 같습니다. 고통의 시간이 담긴 긴 머리칼을 자르고, 그 위로 부는 바람을 느끼며, 과거에서 조금씩 멀어지는 과정, 트라우마는 이렇게 힘겹고 긴 시간이 흐른 뒤 치유됩니다.

있는 그대로 사랑해달라는 부탁

빌리 조엘
⟨Just the Way You Are⟩

1982년 겨울밤, 청량리역에서 야간열차를 탔습니다. 친구들과 잔뜩 들떠서 강릉행 기차표를 끊었죠. 우리는 겨울 바다에 희망과 분노를 고함치며 고백하기로 했습니다. 그리고 여자를 꾈 계획이었죠. 기차 안에서 허풍을 안주 삼아 과음을 했고, '정기적금 주법'으로 기타를 치며 노래를 불렀습니다.

 '정기적금'이라는 별명이 붙은 기타 주법은 가장 단순한 '고고리듬(4분의 4박자 리듬)'에 2박자, 4박자를 뮤트° 시켜서 치는 것이죠. 스트로크를 ↓ ↑ × ↑ (내리치고, 올려치고, 내리치며

°   Mute, 기타 줄을 살짝 눌러, 연주해도 소리가 나지 않도록 하는 것.

뮤트, 올려치고) ↓ ↑ × ↑ 이렇게 반복하면 소리가 꼭 '정기적금'처럼 들렸고, 1970년대의 단순하고 신나는 노래들의 반주에 딱 어울렸습니다.

같은 칸에 탄 우리 또래 여학생들의 반응은 우호적이었죠. 하지만 사고뭉치 광석이가 어찌어찌하다가 손가락을 다쳐서 피를 철철 흘렸고, 새벽 세시쯤 어느 캄캄한 탄광촌에 기차가 멈춰 섰을 때 우리는 치료를 위해 내렸습니다.

거리에 아무도 없는 낯선 그곳에서 우리는 기어이 보건지소를 찾아냈습니다. 우리는 우리 형제를 위해 목숨도 내놓을 수 있는 사내들이었죠. 한밤중에 환자를 보게 된 공중보건의는 짜증을 내며 광석이의 찢어진 손가락을 꿰매었고, 한 땀 한 땀 상처를 꿰맬 때마다 광석이는 곧 죽을 것처럼 비명을 질렀습니다. 무사히 치료했지만 더 큰 시련이 기다리고 있었습니다.

다시 강릉으로 가는 기차는 해가 뜰 때에야 도착한 거죠. 칼바람이 부는 철로 근처에서 기차를 기다려야 했던 우리는 번갈아 가며 광석이에게 거친 욕설을 한 바가지씩 퍼부었습니다. 물론 걱정과 사랑의 표현이었죠. 강릉도 우리를 반기지 않기는 마찬가지였습니다. 여행 동안 여자들과 마주 앉아보기는커녕 무서운 아저씨들에게 혼쭐날 뻔했고, 심야 다방에서 자느라 허리가 뻐근했으니까요.

마지막으로 들른 곳은 오색이었습니다. 며칠 만에 목욕을 한 우리는 행복해졌고 너그러워졌죠. 서울로 올라오는 버스에는 우리밖에 없었습니다. 우리는 좌석 두 칸씩을 차지하고 누워서 한계령을 바라봤습니다. 해가 저물고 있었습니다. 그때 라디오에서 빌리 조엘의 〈Just the Way You Are〉가 흘러나왔습니다. 우리는 서로를 바라보며 씩 웃었죠. 당시 우리가 가장 좋아하는 노래 가운데 하나였거든요.

있는 그대로를 사랑하기는 비교적 쉽습니다. 있는 그대로를 보여주면 됩니다. 그다지 숨기는 것이 없는 아이들과 동물들을 저절로 사랑하게 됩니다. 하지만 있는 그대로를 보여주지 않으면서, 있는 그대로를 사랑해달라고 할 때 관계는 꼬입니다.

먼저 그가 나에게 실제 모습을 보여주지 않으면서 알아달라고 하는데, 나는 도무지 알 수가 없습니다. 있는 그대로를 간신히 추적하고 파헤쳐서 알게 되면 그것은 그의 실체가 아니랍니다. 환상 속 모습을 실체로 봐달라는 것이죠. 다시 말하자면, 있는 그대로를 사랑하는 게 아니라 그가 희망하는 가상의 상태로 그를 인정해달라는 것입니다. 만일 그가 희망적인 상태가 아님을 거듭해서 언행으로 보여준다면 문제는 심각해집니다. 이렇게도 저렇게도 사랑해줄 수 없게

만드는 것이죠. 현실적으로 타협하자면, 나를 있는 그대로
가 아닌 조금 나은 수준으로 인식해달라고 말해야겠죠. 그
렇지 못한 증거들이 발각되면 무시해달라고 양해를 구해야
하고요.

철부지처럼 뜨거운 그 시절에 우리는 있는 그대로 민낯을
노출했기에 서로를 진심으로 사랑할 수 있었습니다. 그때
는 있는 그대로의 모습을 보여주는 것이 부끄럽지 않았기
에 용기가 필요 없었죠. 돌아보면 나와 친구들을 있는 그대
로 사랑할 수 있었던 거의 마지막 시절이었습니다.

가장 듣고 싶은 말, 사랑한다는 말

폴 사이먼
〈Something So Right〉

〈Something So Right〉에서 폴 사이먼은 뜬금없이 중국의 만리장성을 언급합니다. 그리고 이렇게 말하는 듯합니다. 적들을 막기 위해 높게 쌓은 만리장성을 보라고. 내 마음에도 그런 '벽'이 있는데, 누군가가 그 '벽'을 뚫고 들어와주길 간절히 기다렸다고. 네가 내 마음속으로 들어와줘서 고맙다고. 노래는 이어지면서 자신의 마음의 속살을 이야기하는데, 마치 제 마음을 읽어주는 것 같습니다. 뭔가 일이 잘못되는 것엔 아주 익숙하지만, 좋은 일이 생기면 기대하지도 않았고 익숙하지도 않기에 어쩔 줄 몰라 하는 마음 말이죠. 사이먼은 이렇게 사랑받고 자신의 감정을 직시하는 것에 대한 두려움을 토로합니다.

아직 아이였을 때 우리는 감정과 소망을 표현하는 데 주저하지 않았습니다. 넘치는 호기심으로 세상을 탐구했죠. 얼굴과 몸에 희로애락이 저절로 드러났습니다. 그런데 어쩌다가 하고 싶은 말을 다 하지 못하고, 감정을 회피하고, 마음의 문을 닫고, 홀로 끙끙 앓으며 살게 되었을까요.

감정을 드러내어 사랑받지 못했거나 처벌받은 상처들이 쌓여서 괴로웠기 때문일 겁니다. 그래서 살아남기 위한 방어적인 태도를 터득한 거죠. 그런데 이제는 상처를 줄 사람도 없고, 어른이 되었는데도 겁에 질려 계속 그런 방식을 버리지 못합니다. 내 감정을 제대로 표현하기는커녕 잘 인식도 하지 못하고, 내가 원하는 삶이 아닌 남이 원하는 삶을 살아갑니다. 당연히 자신감 없는 날들이 이어집니다.

자신감이 부족한 사람은 위축되어 있고 매사를 회피하려 하지만, 오히려 그 반대로 그렇지 않은 척, 대단히 자신감이 넘치고 유능한 척하기도 합니다. 자존심 때문이죠. 자신감이 없는 사람들은 부족한 자신감을 타인의 칭찬과 인정으로 메우려 합니다. 문제는 이들은 만족하지 못한다는 사실입니다. 적당한 사랑과 인정을 받으며 성장한 사람들은 적당한 만족을 알지만, 사랑과 인정이 결핍된 상태에서 자란 사람들은 배고픈 사람들이 폭식하듯, 너무 많은 것을 바라곤 합니다.

더 큰 문제는 그들이 진정한 사랑과 인정의 맛을 모른다는 사실이죠. 사랑과 인정을 받았는데도 그것이 아니라고, 내가 상상했던 사랑과 인정은 더 대단하고 황홀한 것이라며, 현실에서는 불가능한 절대적인 사랑과 인정을 요구합니다. 끝내 사랑을 줄 수도, 받을 수도 없는 상태를 만들죠.

정신치료의 첫 단계는 두려움과 결핍에서 비롯된 환상을 파악하고, 감정과 희망 사항을 두려움 없이 느낄 수 있게 도와주는 것입니다. 좋은 감정과 관계에 익숙해지며, 방어적이지 않고 자해적이지 않은 새로운 방식으로 사는 것을 배우는 것입니다. 과거의 고통은 사라질 수 없지만, 현재의 평화와 기쁨으로 희석되어 견딜 수 있게 되죠. 그러려면 먼저 그 감정을 함께 나누는 사람과 두터운 신뢰를 쌓아야겠죠. 신뢰할 수 있는 관계 만들기가 진정한 자신감을 얻을 수 있는 첫걸음입니다.

저는 '사이먼&가펑클'의 노래보다 사이먼의 솔로곡을 훨씬 더 좋아합니다. 특히 자신의 모습을 직시하는 사이먼의 노래들을 좋아합니다. 어른의 노래니까요. 예를 들어 〈Something So Right〉의 후렴에서 사이먼 형님은 비겁한 자신의 모습을 직시합니다. 마치 어린아이처럼 사랑한다는 말을 듣고 싶어 하지만, 그렇지 않은 척, 냉소적인 표정으로 침묵합니다. 저와 제가 아는 많은 사람의 모습이기도 합니다. 사랑한다는 말을 들으려면 지혜와 용기가 필요하죠. 특히 먼저 사랑한다고 말할 수 있는 용기가 필요합니다.

사랑은 자신을 사랑하는 데서 시작해

휘트니 휴스턴
⟨Greatest Love of All⟩

⟨Greatest Love of All⟩은 휘트니 휴스턴이 불러서 널리 알려신 리메이크곡입니다. 원곡은 1997년에 기타리스트 조지 벤슨이 만들었죠. 저는 휘트니 휴스턴이 열정 넘치게 부른 버전보다 조지 벤슨이 느긋하고 편안하게 부른 버전을 더 좋아합니다. 노랫말을 독백하듯 고백하듯 들려주니까요. 가만히 듣다 보면 오랜 번민을 통해 깨달은 진리를 곁에 있는 친구에게 나직이 이야기하는 모습이 떠오릅니다.

이 노랫말은 《사랑의 기술 The Art of Loving》을 쓴 에리히 프롬의 "타인을 진정으로 사랑할 수 있으려면 자기 자신을 사랑할 수 있어야 한다"라는 내용을 차용했습니다. 자신을 사랑하지 못하거나 혐오하는 사람은 '괴물 같은 나를 어떻게 사랑할 수 있어?' 하면서 타인에게 잘 다가가지도 못하고, 자신에게 다가오는 사랑을 믿지도 못하죠.

사랑을 제대로 받지 못하고 성장한 사람은 사랑에 대해 과도하게 기대합니다. 1970년대에 TV에서 바나나를 먹는 모습을 보며, 바나나가 아주 특별한 맛을 지닌 이 세상에서 가장 맛있는 과일일 거라고 환상을 가졌던 것처럼 말이죠. 그래서 사랑에 대해 과대한 환상을 가진 사람은 상대방이 주는 사랑에 만족하지 못하고, 현실에서 불가능한 완벽한 사랑을 요구합니다. 하지만 완벽한 사랑은 동화에나 존재하죠. 이런 사람은 결국 자신을 사랑하지 못하고 타인에게 사랑을 주거나 받을 수도 없는 상태에 빠집니다. 상대방을 맹렬하게 비난하거나 자기를 혐오하기도 하고요.

자신을 사랑하지 못하고 상대방의 사랑을 믿지 못하는 가장 근본적인 이유는 어린 시절 자신을 보살펴준 1차 양육자(주로 부모)와의 관계에서 안정적인 애착을 형성하지 못했기 때문입니다. 양육자에게 전적으로 의존하며 성장할 수밖에 없는 어린아이에게 양육자의 부재, 위협, 냉대는 죽을 것 같은 공포로 다가옵니다. 두려움이 계속되면 큰 상처로 남고 트라우마가 되죠.

고통이 조금 가시면 슬픔이 찾아오고, 자신에게 상처를

준 부모에게 분노를 느낍니다. 하지만 분노를 표출하면 부모가 더 큰 상처를 줄 수 있죠. 아이는 분노를 들킬까봐 불안해집니다. 아직 인지 능력이 부족한 아이는 분노를 잘 감추지 못하죠. 그래서 아이는 부정적인 감정이 없는 것처럼 부정하고 외면합니다. 그런 방어 방법을 계속 쓰면 분노를 의식하지 않고 숨길 수 있죠.

아이는 그런 감정을 가진 자신을 나쁜 아이라고 여기며 수치심과 죄책감을 느끼게 됩니다. 친밀감과 사랑을 원할수록 자꾸 상처받고 분노하고 불안해지고 죄책감을 느끼게 되니 타인과 가까워지는 것을 피합니다. 하지만 인간은 본능적으로 친밀감을 원하죠. 어쩔 수 없이 친밀한 관계가 형성되면, 과거의 양육자와의 관계에서 형성된 불안정한 애착 관계 패턴이 반복됩니다. 이때 억압된 감정과 분노가 엉뚱한 시점에서 엉뚱한 대상에게 터지죠.

생존을 위해 만들어진 방어기제는 매우 완고합니다. 불안정한 뇌는 융통성이 없어서 과거에 하던 방법과 패턴을 고집합니다. 지금 내 곁에 있는 사람이 냉정하거나 학대하던 과거의 양육자가 아닌데도 말이죠. 자신을 객관적으로 봐야 합니다. 그리고 나를 도우려는 사람의 의도를 있는 그대로 볼 수 있어야 하죠.

자신을 사랑하는 방법은 간단합니다. 나를 진정으로 소중히 여기는 사람과 사랑을 주고받으며 내가 꽤 괜찮은 사람이라고 느끼는 경험이 반복되어야 합니다. 그래야 내가 좋은 사람이라고 믿게 되죠. 그러려면 용기를 내어 타인을 받아들여야 합니다. 사람에게는 사람이 필요하고, 그 사람의 사랑이 필요하니까요. 그래야 인생에서 가장 중요한 사랑을 할 수 있으니까요.

희망이 지나치면 배신감을 부른다

스팅
〈Shape of My Heart〉

〈Shape of My Heart〉는 엇박자 음악의 귀재 스팅의 노래입니다. 스팅의 노래 중 드문 정박자 노래지만 여전히 엇박자 삶을 사는 인간을 그리고 있죠. 노래의 주인공은 도박사입니다. 그런데 그가 카드를 돌리는 것은 돈을 따고 이기기 위해서가 아니라 행운과 기회의 과학적 규칙을 찾아내기 위해서입니다. 엉뚱한 곳에서 삶의 원칙을 찾으니 결국 실패하겠죠. 카드 테이블은 그런 것을 찾는 곳이 아니니까요. 도박사는 감정을 숨겨야 하는데 그가 가진 마스크는 하나뿐이니까요.

〈Shape of My Heart〉의 기타 반주는 매력적입니다. 기타를 좀 치는 사람이라면 누구나 한 번은 도전해보는 곡이죠.

그런데 쉽지 않습니다. 저처럼 코드 하나를 잡고 다음 코드로 옮기는 데 시간이 한참 걸리는 분들이 많을 거예요.

스팅을 모르는 사람도 뤼크 베송 감독의 영화 〈레옹Leon〉은 알죠. 〈Shape of My Heart〉는 〈레옹〉의 OST로 유명합니다. 영화에서 주인공 레옹은 비밀스럽고 감정 표현이 없는 베일에 가려진 최고의 살인청부업자입니다. 하지만 우리가 흔히 생각하는 살인청부업자의 모습과는 다릅니다. 우유만 마시고 화분 하나를 정성껏 보살피죠. 어느 날 그의 삶에 갑자기 어린 소녀 마틸다가 나타납니다. 부패한 경찰로 인해 일가족을 잃은 마틸다를 돕던 레옹은 결국 죽게 됩니다. 그러나 그 과정에서 레옹은 사랑을 배우죠.

인간은 사랑을 나눌 수 있는 의미 있는 대상이 없을 때, 왜곡된 관계로 고통을 받을 때 '투사'를 합니다. 자신의 부족한 부분, 자신이 원하는 것, 두려워하는 것을 외부 대상에서 발견하는 것이죠. 투사는 세상에 대한 희망 사항 혹은 두려움의 표현입니다. 자신이 외면하거나 의식하지 못하지만, 사실은 간절히 원하는 것을 외부에서 찾거나 외부에 투영하는 것입니다. '뭐 눈에는 뭐만 보인다'는 말처럼요. 레옹은 의식하진 못했지만 갈급하는 감정과 사랑을 마틸다에게서 발견하고 성장합니다.

투사는 인간을 성숙하게 만드는 긍정적인 면이 있습니다. 희망 사항을 외부에서 발견하고 영향을 받고 닮아가면서 성장하는 거죠. 내가 어떤 면을 자주 타인에게 투사하는지, 어떤 측면만 반복적으로 찾아내는지를 파악하면, 나의 결핍과 희망 사항과 이로 인한 문제를 알아낼 수 있습니다. 정신과적 치료는 대부분 투사를 파악하고, 그 이유를 찾으며 진행됩니다.

하지만 과도한 투사는 부정적인 결과를 낳습니다. 대상을 지나치게 과대평가하거나 이상화하여 심각한 문제를 초래하죠. 상대방은 5인데 나는 일방적으로 10이라고 단정하고 과도하게 기대하기 때문입니다. 상대방이 기대를 감당하지 못하거나, 투사가 풀려서 허상임을 확인하면, 실망하고 배신감을 느끼고 파국에 이르게 됩니다.

과거의 상처로 인해 감정을 억압하는 살인청부업자는 어린아이와 같기에 우유만 마시고, 자신이 돌봄을 받고 싶기에 화분을 돌보고, 다시 상처받을까봐 두렵기에 열쇠 구멍과 망원경을 통해서만 세상을 봅니다. 그리고 도박사는 쓸데없는 집착과 가면으로 행운과 기회의 가능성을 놓칩니다. 그가 그의 가슴의 형태를 알려면, 당연히 카드를 접고 일어나 가면을 벗어야 하는데 말이죠.

상처가 권력이 될 때

에픽하이
〈연애소설〉

〈연애소설〉은 실연당한 사람들의 이야기입니다. 도입부는 조금 진부하죠. 두 사람이 헤어지고 '자석'의 N극과 S극처럼 가까워질 수 없음을 묘사합니다. 또 실연으로 모든 것을 다 잃은 줄 알았는데, 그 상처 때문에 슬픈 사랑 이야기의 주인공이 된다고 노래합니다. 공감은 가지만 어디선가 들은 이야기라는 생각이 듭니다. 그런데 마지막 부분에서 갑자기 숨이 턱 막힙니다. '너로 인해 생긴 상처 덕분에, 나도 누군가에게 상처를 주는 것을 직시하게 되었다'는 의미의 노랫말 때문이죠. '나도 그랬었고, 아직도 그러고 있고, 내가 상담하는 사람들 또한 그러고 있지. 그 악순환의 고리는 정말 질겨서 잘 끊어지지 않지' 하고 반성해봅니다.

상처는 힘이 셉니다. 상처의 힘이 나를 향할 때는 내가 지옥에 빠지고, 상대방을 향할 때는 상대방을 지옥으로 끌어들입니다. 상처는 엄청난 폭력을 휘두르는 권력이 될 수도 있죠. 상처를 받은 사람은 책임을 전적으로 상대방에게 떠넘기지만, 책임이 상대방에게 있지 않은 때도 있습니다. 우리가 현실에서 받는 상처 대부분은 과거의 상처가 되풀이되는 것이기도 하니까요. 어릴 적의 비난, 무시, 가해 등으로 받았던 상처를 치유하지 못하다가 현실에서 비슷한 자극을 받았을 때 재경험하기도 하죠. 그러나 그 사실을 말하면 책임지려 하지 않으며 더 큰 상처를 주는 사람이 됩니다. 지켜야 하는 관계에서는 하지 않아야 하는 말이 있고, 내 잘못이 아니라도 책임져야 할 때가 있습니다.

현실에서 부정적 자극은 대부분 나와 매우 가까운 사람이 줍니다. 그 사람은 처음에는 미안해하며 달래주려 애쓰지만, 문제는 그렇게 쉽게 해결되지 않습니다. 특히 '상처를 잘 받는 사람들'은 '상처의 책임자'를 쉽게 풀어주지 않으니까요. 상대방을 원망하는 데 그치지 않고, 자기 파괴적인 생활로 죄책감을 유발해서 떠나지 못하고 복종하게 만듭니다. 상처가 권력이 되는 순간이죠.

권력적인 상처의 용도는 단 하나뿐입니다. 원망하고 복수하는 것이 아닌 상대방이 떠나지 못하게 하는 것이죠. 스스로가 잘해서 사랑과 인정을 유지할 수 있는 능력이 거의 없다고 믿기에, 상대방의 죄책감을 유발해서 자신을 돌봐주고 지켜줘야 하는 상황을 만듭니다. 자신감이 낮을수록 의존성은 높아지죠. 상처에 책임을 지게 된 상대방에게 어린 시절 받지 못했던 사랑과 보살핌을 강요합니다.

아내의 잘못을 탓하며 폭력을 휘두르는 남편, 남편의 잘못을 탓하며 온 가족에게 전적인 관심과 위로를 강요하는 아내가, 상처를 권력으로 이용하는 전형적인 예입니다. 아무리 선의를 가지고 인내해도 그 권력에 피해를 받고 함께 지옥으로 끌려 들어가게 되죠.

이럴 땐 먼저, 상처받은 사람의 고통이 안타깝더라도 단호하게 선을 그어 독재에서 벗어나야 합니다. 당신이 준 상처니까 나는 아무것도 할 수 없고, 당신이 다 해결해야 한다는 억지를 거부해야 합니다. 상처는 주고받는 것이고, 그것을 치유하기 위해서는 함께 노력해야 하는 것이죠.

지배할 대상을 잃은 권력과 의존심은 다른 대상을 찾아 나서게 만듭니다. 만일 새로운 대상을 찾는다면 나는 진정으로 필요한 존재가 아니었던 것입니다. 그러나 대부분 우리가 조종당하는 것을 거부하면, '가해자가 된 피해자'는 결국 스스로 일어나려고 노력합니다. 그만큼 우리가 중요한 사람이라는 뜻이죠. 마침내 그 사람이 스스로 발전적인 삶을 살아가려는 증거를 지속적으로 보일 때, 그때 다시 돕기 위해 다가가야 합니다.

누군가와 함께하는 것이 고통뿐이라면, 그것은 사랑이 아닙니다. 사랑하는 사람이 상처를 입었다면 당연히 위로하고 도움을 주어야 합니다. 그러나 그 상처를 나의 것으로 만들지는 않았으면 합니다. 그 상처에 함께 빠지면 빠져나올 수 없게 되니까요.

상실의 터널을 지날 때

김연우
〈이별 택시〉

그녀가 이제 더는 힘든 걸 견디지 않겠다며 헤어지자고 합니다. 지지고 볶고 울고불고해도 소용이 없습니다. 남자는 자리를 박차고 나가는 그녀를 뒤쫓아 어둡고 축축한 거리로 나섭니다. 길 건너편에서 그녀가 택시를 잡으려고 애씁니다. 남자는 멍하니 서서 생각합니다. '우리 연애가 그렇게 힘들었니? 그렇게 서둘러 벗어나고 싶니?'

비 오는 날이라 그런지 택시가 잡히지 않아서 그녀는 발을 동동 구릅니다. 그런데 웬걸, 남자 앞에 빈 택시가 딱 섭니다. 기사 아저씨가 '탈 거요? 말 거요?' 하는 눈빛으로 남자를 바라봅니다. 남자는 얼떨결에 택시에 올라탑니다. 착한 사람이니까요. 택시가 출발하자마자 '어, 이게 마지막인데, 다시는 만날 수 없는데!' 하고 뒤를 돌아봅니다. 그녀가 시야에서 점점 멀어집니다. 남자는 뿌연 김이 서린 차창을 닦아내면서 창문에 비친 우는 얼굴을 바라봅니다. 기사 아저씨가 목적지를 묻습니다. 모르겠다는 말이 튀어나옵니다. 지질하고 한심해지는 순간이죠.

이 남자는 김연우가 부른 〈이별 택시〉의 주인공입니다. 그래도 남자는 택시를 탈 돈이 있었나봅니다. 저는 택시를 탈 돈이 없어서 버스정류장에서 이별을 했죠. 따라오지 말라고 해서 멀찌감치 서서 기숙사로 뛰어 들어가는 모습을 본 것이 마지막이었습니다. 비를 맞으며 이 세상 끝까지 걸어가고 싶었는데, 기운이 없어 집으로 돌아가는 길이 무척 멀게 느껴졌습니다. 비참했습니다. 결국 집에 가기를 포기하고 동아리방에서 새우과자를 씹으며 술을 마시다가 정신을 잃었죠. 다시는 깨어나지 않기를 바라면서요.

우리는 치명적인 상실을 경험할 때 우왕좌왕합니다. 어디로 가야 할지 어떻게 해야 할지 갈피를 잃죠. 이렇게 하면 돌아올 수 있지 않을까 하는 간절한 희망을 품고 운명과 흥정을 시도합니다. 하지만 흥정은 내가 좋은 카드를 쥐고 있을 때만 내 편입니다. 그래서 현실을 부정하고 외면하다가 나를 고통 속으로 밀어 넣은 대상에게 분노합니다. 그러다가 결국 자신에게 분노하고 자책하다가 우울해집니다. 그것이 이별이든, 성취든, 인간관계든, 삶의 의미든, 상실을 극복하는 과정은 다 비슷하죠.

상실감을 이겨내는 동안 곁에 믿고 의지할 수 있는 누군가가 있다면 더할 나위 없이 좋겠죠. 아무 말도 하지 않아도 됩니다. 어떤 말도 소용이 없으니까요. 원초적인 고통의 과정을 통과하는 데 이성적인 말은 큰 도움이 되지 않습니다. 법석을 떠는 그의 곁에서 견뎌주면 됩니다. 그러면 자연스레 슬픔을 해결할 방법은 없고 죽을 것 같아 택시에서 내리면, 다시 택시를 탈 수 있는 차비가 없다는 것을 깨닫게 되죠. 내가 고통의 과정을 견디며 통과할 때 나를 지켜봐준 사람의 덕을 봤다면 나도 그렇게 베풀어줘야 합니다.

매년 여름 장마 때가 되면 저는 관절을 걱정하지만 우울해하거나 기죽지는 않습니다. 아무리 지겨워도 장마는 끝날 것이고, 지긋지긋한 비가 그치고 나면 시원한 빗줄기를 그리워하게 할 뜨거운 태양이 우리를 기다리고 있으니까요. 그리고 삶의 많은 일처럼 뜨거운 여름도 결국 지나갈 것입니다. 절대로 잊을 수 없을 것 같던 그녀를 그렇게 서서히 잊었듯이 말이죠.

뒤끝이 없다는 거짓말

윤종신
〈좋니〉

〈좋니〉는 '지질한 남자 이야기 전문가' 윤종신이 이별 후 지질한 마음을 더 극단적으로 노래한 곡입니다. 지질한 태도는 '어떤 결과나 현상을 인정하거나 승복하지 못하고 자꾸 토를 달거나 변명을 하며 귀찮게 하는 것'으로 정의될 수 있겠죠.

그녀와 헤어졌는데 여기저기서 그녀가 괜찮은 인연을 만났다는 소식이 자꾸 들려옵니다. 남자는 억울해서 그녀가 자신이 겪는 아픔의 무게를 잠시라도 느끼길 바란다고 속말을 하면서, 자신이 미련이 있는 보통의 사람임을 직시하며 노래를 마칩니다. 참 다행이지요. 부족한 자신을 돌아보는 능력은 인간에게 가장 필요한 능력 중 하나니까요.

뒤끝이 없다고 말하는 사람이 있습니다. 뒤끝이 없다는 말은 성격이 과격하거나, 타인을 존중하지 않거나, 분노가 많이 쌓여서 잘 참지 못하는 사람이 감정을 폭발한 후에 사태를 수습하려고 한 변명에서 유래합니다. 인간은 같은 말을 자꾸 반복하다가 그 말을 사실로 믿게 됩니다. 물론 자신만 그렇게 믿고, 다른 사람들은 믿지 않죠. 뒤끝이 없다는 사람은 이런 상황을 반복합니다.

1. 불만을 참으려다가 쉽게 폭발합니다. 하고 싶은 말을 직설적으로 다 하면서요. 언어 폭탄의 파편을 뒤집어쓴 사람 대부분은 뒤끝이 없다고 주장하는 사람보다 약자인 경우가 많습니다.

2. 얼마 후 이성을 되찾은 뒤끝 없는 '앞끝' 씨는 걱정하기 시작합니다. '상대가 나를 싫어하면 어쩌지. 앞끝 때문에 나중에 불이익을 당하면 어쩌지' 하면서요.

3. 결국 앞끝 씨는 아직 자신으로 인한 상처의 흔적이 역력한 상대에게 사과합니다. "미안해. 너무 기분 나빠하지 마. 나 뒤끝 없는 거 알잖아. 그치?" 이건 사과가 아니라 변명이자 강요죠.

4. 이렇게 되면 상대는 매우 난처해집니다. 기분을 풀어주지 않으면 속 좁고 뒤끝이 있는 사람이 되니까요. 그리고 자

신보다 강한 앞끝 씨의 기분을 상하게 하면 위험하니까요. 결국 "그래. 알지… 나도 뒤끝이 없는 사람이잖아"라며 겸연쩍게 웃습니다. 자기방어죠.

5. 그러나 사건은 거기에서 끝나지 않습니다. 앞끝 씨는 상대의 이해 혹은 용서를 확신할 수 없습니다. 그래서 상대에게 과도한 친절을 베풉니다. 그런 상황은 앞끝 씨를 화나게 만들죠. 결국 얼마 안 있어 앞끝 씨는 다시 폭발할 것입니다. 그러고는 다시 아무도 믿어주지 않는 "뒤끝이 없다"는 대사를 반복할 것입니다.

뒤끝을 운운하게 만드는 가장 큰 이유는 사랑과 인정을 받지 못할 깃 같은 두려움입니다. 만만한 대상에게 제 화를 쏟아내 상처를 주고는 나는 뒤끝이 없으니 너도 풀라는 거죠. 사랑하고 인정받던 관계가 끝나길 원하지 않는다는 겁니다.

뒤끝이 없다는 것은 얼핏 화해의 제스처처럼 보이지만 그렇지 않습니다. 실컷 두들겨 패고는 너를 미워하지 않으니 너도 나를 미워하지 말라는 강요일 뿐입니다. 이 순간 머리에 떠오르는 우리를 분노하게 만드는 몇몇 얼굴이 있을 것입니다. 직장 상사, 시어머니, 남편, 아내, 적당히 사이좋은 친구, 나 자신….

뒤끝이 없는 사람은 없습니다. 그러니 이제 뒤끝이 없다는 변명은 그만합시다. 기질적으로 충동 조절이 안 된다면 전문가의 도움을 받아야 합니다. 그러나 타인을 존중하지 않는 사람은 치료도 잘 받으려 하지 않죠. 만일 그런 사람이 곁에 있다면 되도록 멀리해야 합니다. 당장 멀리할 수 없다면 나중에 떠나거나 이길 수 있는 힘을 키우기 시작해야 하죠. 그게 나를 지키는 길입니다.

너와 나의 거울 뉴런

⊚

저스틴 팀버레이크
⟨Mirrors⟩

언제부턴가 밸런타인데이에 아내가 저에게 초콜릿을 주지 않습니다. 그래도 딸은 초콜릿 몇 개를 던져주면서 "사랑해! 오빠랑 나눠 먹어!"라고 말하곤 하죠. 섭섭하지만 대단히 슬프지는 않습니다. 저도 화이트데이에 아내에게 사탕을 주지 않은 지 오래되었으니까요. 오래된 부부가 사랑을 확인하는 데 초콜릿이나 사탕이 필요할까 하는 게 제 생각인데 아내의 마음은 어떤지 모르겠습니다. 저와 크게 다르지 않으리라 기대해봅니다.

저스틴 팀버레이크의 ⟨Mirrors⟩는 지고지순하고 따뜻한 사랑 노래입니다. 당신은 '거울'처럼 나의 모습과 마음을 비추고, 당신이 없으면 이 세상은 외로운 곳일 거라고 고백합니다. 이해할 수 없는 세상에서 당신이 나의 '거울'이 되어 나의 모습과 마음을 알아주듯이, 나도 당신의 '거울'이 되어 당신과 함께한다는 것을 잊지 말아달라고 호소하고, 우리는 함께 있어야 온전해진다고, 손발이 오그라들게 사랑을 속삭입니다. 잘생긴 팀버레이크가 이런 노래를 부르면 가슴에 확 박히지만, 제가 이런 노래를 불렀다면 '그런 부담되는 말은 하지 말아달라'는 답변을 받았겠지요. 실제로 그런 말을 몇 번 들은 경험도 있습니다.

우리는 우리 뇌에 장착된 '거울 뉴런'을 통해서 타인의 마음에 접근하고 그 마음을 이해합니다. 거울 뉴런들이 그 기능을 수행해주죠. 거울 뉴런들은 타인의 의도를 알기 위해 언행을 관찰할 때 활성화되고, 타인의 모습을 저절로 모방해서, 타인의 마음을 직접 느낄 수 있게 해줍니다.

인간은 논리를 이용해서 상대의 감정과 상태를 추측할 수 있습니다. 그러나 논리적인 추측은 직접 느끼는 것보다 강도와 정확도가 약합니다. 거울 뉴런은 상대방이 느끼는 감정을 나도 느끼게 하고, 상대방과 같은 상태가 되게 만들어주죠. 누군가가 놀라서 펄쩍 뛸 때 왜 뛰는지도 모르면서 같이 펄쩍 뛰거나, TV에서 축구선수가 정강이를 차일 때

"아야!" 하면서 그 선수의 아픔을 느끼는 것처럼 말이죠. 드라마를 보며 주인공을 따라 우는 것도 비슷한 예입니다. 이렇게 거울 뉴런은 저절로 상대방을 이해하게 만들고, 그 사람의 행동을 예측까지 할 수 있게 해줍니다.

거울 뉴런은 뇌의 언어 담당 영역에 자리해 있습니다. 인간이 서로 이해하고 교감하기 위해 모방과 언어가 함께 발달한 것이죠. 거울 뉴런의 위치는 우리가 혼자가 아닌 서로 긴밀하게 연결된 존재임을 확인시켜주는 증거입니다. 너와 내가 연결되어 이해하고 교감해야 더 행복해질 수 있다는 사실을 잊지 말라는 표시이기도 합니다.

상호 교감과 이해를 저해하는 요소는 원시적인 이기심, 분노와 공포 같은 부정적인 감정입니다. 그런데 거울 뉴런은 이런 감정들도 따라 느껴서 모방 분노 혹은 폭력 현상을 일으킬 수 있습니다. 폐쇄적인 집단 구성원끼리만 교류하면 우리 편이 아닌 사람들의 처지에 공감하거나 이해할 기회를 잃게 되죠. 그런 집단이 화가 나면 우리 편의 분노에 감염되고, 그 분노가 증폭되어 집단 폭력을 일으킵니다. 우리 편뿐만 아니라 상대방도 잘 보고 있어야 전체를 위한 거울 뉴런의 진가가 발휘됩니다. 그런데 우리 편만 보고 있으면 거울 뉴런이 오류를 일으키고, 전체를 위한 공감도 이해도 할 수 없게 되죠.

사랑은 상대방을 위하는 마음입니다. 상대방을 잘 관찰하고, 이해하고, 교감해야 합니다. 상대방이 언제 슬프고 기쁜지를 알고, 같이 슬픔과 기쁨을 느낄 수 있어야 슬픔을 덜어주고 기쁨을 줄 수 있으니까요. 상대방을 위해야 나도 위함을 받을 수 있죠. 나무가 아닌 숲을 보려고 노력하는 태도가 중요합니다.

문득 반성하게 되네요. 앞으로 아내가 초콜릿을 주지 않는다고 해도, 저는 아내에게 사탕을 줘야겠다는 생각이 드네요.

과도한 기대는 되도록 하지 않기를

동물원
〈변해가네〉

1984년 초여름, 짝사랑하는 여학생과 도서관 입구에서 마주쳤습니다. 저는 도서관으로 들어가는 참이었고 그녀는 나오고 있었습니다. 매번 멀리서 바라보다가 용기를 냈습니다. 여름방학이 되면 한동안 그녀를 볼 수 없다는 두려움이 힘을 발휘했죠. 그녀의 앞길을 가로막고 다짜고짜 말했습니다. "좋아해요." 아, 정말 사교적이지 못한 도입부였습니다.

"그래서 어쩌라고요?" 그녀의 첫말을 지금까지도 잊지 못합니다. 그녀는 잠시 머뭇거렸고, 저는 자판기 커피를 건네면서 횡설수설 한참을 이야기했습니다. 걷다 보니 청송대를 지나 그녀가 사는 여학생 기숙사 앞에 와 있더군요.

학기를 마친 그녀는 다음 날 고향에 내려갈 예정이었고,

저는 아침에 해부학 시험을 봐야 했습니다. 그다음 날에는 징글징글한 생화학 시험이 기다리고 있었죠. 하지만 시험 기간에도 점심은 꼭 챙겼던 터라 그녀에게 다음 날 이른 점심을 함께 먹자고 했죠. 그녀가 흔쾌히 승낙했을 땐 정말 날아갈 것만 같았습니다.

〈변해가네〉는 그녀를 데려다주고 도서관으로 돌아갈 때 만든 노래입니다. 1988년 1월에 발표한 '동물원' 1집에 들어 있는 노래죠. 광석이가 다시 불러서 더 잘 알려졌습니다. 인생에서 사랑을 기대하지 않고 나만의 길을 가려 했는데, 당신을 가슴에 품게 되면서 함께하는 삶만을 원하게 됐다는 이야기입니다.

〈변하가네〉는 저의 유치한 방어기제를 드러내 보여줍니다. 인정받고 싶은 욕망이 좌절되었을 때, 어린 저는 그 욕망을 '신 포도'로 만들고 필요 없다고, 기대도 하지 않는다고 합니다. 그러나 사실은 과도하게 기대하고 있었고, 누군가 사랑해줄 것 같으니까 언제 그랬느냐는 듯 단번에 변하는 겁니다. 신나게 노래까지 하면서 말이죠.

과도한 기대는 좌절과 분노를 불러오고, 우울과 절망으로 종결되죠. 저에게도 재앙은 곧 닥쳐왔습니다. 다행히 죽을 것처럼 괴롭던 실연 덕분에 노래 몇 곡을 건졌지만요.

1987년 가을, '동물원' 1집을 녹음했습니다. 김창완 형의 사무실에서 주말에 한 곡씩 진행했죠. 창완 형은 "너희들 하고 싶은 대로 해라!" 하며 초보인 우리에게 자유를 전적으로 주었습니다. 정말 고맙지만 다소 무모한 제작자였죠. 반주에 신나는 박수 소리를 넣고 싶었는데, 녹음 부스가 간신히 한 사람 들어갈 만한 크기였습니다. 그래서 주말이라 아무도 없는 복도에 마이크를 꺼내놓고 손뼉을 쳤습니다.

멤버들이 한참 손뼉을 치고 있는데, 엘리베이터 문이 '땡!' 하고 열리더니 철가방을 든 아저씨가 내렸습니다. 창완 형이 주문한 탕수육과 짜장면이 도착했죠. 창완 형이 특유의 미소로 아저씨에게 함께 손뼉을 쳐달라고 부탁했습니다. 아저씨는 어쩔 줄 몰라 하다가 흔쾌히 동참했죠. 잘 사는 법이 별것 있겠습니까. 철가방 아저씨처럼 적응이 빨라야 하죠. 과도한 기대를 하지 않고, 긍정적인 방향으로 사는 거죠.

제대로 사과하는 법

엘턴 존
⟨Sorry Seems to Be the Hardest Word⟩

"이 세상에서 가장 어려운 말은 미안하다는 말"이라고 하소연하는 엘턴 존의 노래는 '한국인이 가장 좋아하는 팝송 리스트'에서 늘 상위권을 차지합니다. 누가 먼저 미안하다고 사과해야 대화를 다시 시작할 수 있을까요. 당연히 더 힘이 있고 현명한 사람이 먼저 사과해야 합니다. 그런데 미안하다고 말하기 쉽지 않죠. 자칫 사과를 잘못하면 도리어 더 큰 분노와 재앙을 불러올 수도 있고요. 잘못된 사과로 화약고에 불을 댕기고, 불길에 기름마저 부어버리는 사람들을 보면 안타까울 뿐입니다.

우리는 불완전한 존재이기에 잘못된 언행을 합니다. 실수라고 하지만 사실은 예고된 잘못인 경우가 많죠. 우리의 성품은 잘못을 어떻게 수습하고 잘못을 통해 무엇을 배우고 어떻게 변하는가로 드러납니다. 사이가 좋을 때는 모두 호인好人이죠. 관계가 틀어질 때 진짜 좋은 사람이 누구인지 알 수 있습니다.

진솔한 사과는 갈등과 불신을 해소하는 강력한 의사소통 도구입니다. 미국 오하이오 주립대학교 로이 르위키 교수가 이끄는 연구팀이 '사과할 때 담겨야 할 요소들과 그 중요성'을 분석한 연구 결과에 따르면 '제대로 사과하는 방법'은 여섯 가지입니다.

첫째, 내 잘못이라 말하고 잘못에 대한 윤리적, 법적 책임을 지겠다는 의지를 표명해야 합니다. 정직한 자세로 비난을 겸허히 수용하는 태도가 중요하죠. 이때 '하지만…' 같은 말을 덧붙이면 역효과가 납니다.

둘째, 어떻게 책임질 것인지에 대한 구체적인 대책 약속과 재발 방지 계획을 밝혀야 합니다. 상대방이 피해에 대한 적절한 보상을 받았다고 판단할 수 있게 분노를 누그러뜨릴 수 있는 현실적인 보상을 약속해야죠.

셋째, 미안한 심정, 부끄러운 마음, 진심 어린 후회를 표현해야 합니다. 어떻게 하다가 이런 일이 일어났는지 배경을 명확하게 말해야 합니다. 피해자가 알고 싶은 내용을 성실하게 답해야 하죠. 그럴 때 수치스러울 수 있는 비난도 감수해야 합니다.

넷째, 잘못을 고쳐서 다시는 그런 일이 일어나지 않도록 하겠다는 약속을 해야 합니다. 재발 방지 대책을 마련하고 충실하게 이행할 것을 약속하는 것이죠. 자신의 잘못으로 무엇을 배웠는지 말하고, 올바르게 행동하겠다고 다짐해야 합니다.

다섯째, 더 나은 관계와 미래를 위해 화해를 제안하고, 진심으로 간절하게 용서를 부탁해야 합니다. 사과의 궁극적 목적인 '용서의 요구'는 사과를 받는 사람에게 그리 큰 의미가 있는 건 아닙니다.

마지막으로 적절한 때에 사과해야 합니다. 정치·외교와 같죠. 사과의 타이밍이 너무 빠르고 부실하면 거짓이나 오만으로 보이고, 사과의 타이밍이 너무 늦거나 질질 끌면 계산적이거나 전략적으로 보입니다. 적절한 때에 사과하지 않으면 도리어 괘씸죄가 추가되죠.

우리는 사과하는 것이 옳다고 지겹도록 배우며 자랍니다. 그러나 어릴 적 했던 사과 대부분은 억지로 토해냈던 것이죠. 그래야만 어른들의 구속에서 빨리 벗어날 수 있었으니까요. 그러나 성인이 되면 알게 됩니다. 내가 먼저 미안하다고 말한다고 세상이 크게 달라지지 않으며, 사과하고 용서한다고 해서 반드시 행복해지는 것도 아니라는 사실을 말입니다. 칭찬이나 인정을 위해서라면 사과하지 않는 편이 낫습니다. 사과한다고 칭찬하거나 인정을 베풀어줄 어른은 별로 없으니까요.

'왜 내가?' 하며 억울해하지 않고 '그래도 내가'라는 자세로 먼저 다가가 진심을 담아 사과하는 것만이 힘든 상황을 풀 수 있는 작은 열쇠일 겁니다. 화해와 양심을 노래하는 〈Sorry Seems to Be the Hardest Word〉를 사랑하는 만큼 우리에게는 아직 희망이 있습니다.

'너는 늘 그래'에서 '나 섭섭해'로

산타 에스메랄다
⟨Don't Let Me Be Misunderstood⟩

⟨Don't Let Me Be Misunderstood⟩는 1964년에 나나 시
몬이 발표한 재즈입니다. 1965년에 '애니멀스'가 디스코로
편곡해서 히트 쳤고, 1977년에 '산타 에스메랄다'가 라틴
음악이 가미된 디스코로 편곡해서 인기를 끌었습니다. 젊은
이들은 ⟨Don't Let Me Be Misunderstood⟩를 영화 OST로
알고 있죠. 긴박한 추격전의 배경음악으로 주로 사용되곤
하니까요.

노래의 주인공은 이해받고 싶은 마음을 고백합니다. 나
는 선한 의지가 있지만, 완벽한 사람은 아니고 나약한 인간
이기에 어리석은 실수를 반복하고 후회한다고. 하지만 너를
사랑하고 좋은 사람이 되려고 노력한다는 사실만은 알아달

라고. 가족에 대한 제 마음과 흡사합니다. 제가 진료하는 아이들과 그들의 부모님 마음도 비슷합니다. 잘 전달하고 이해받고 싶은데 그게 잘 안 되죠.

우리는 좋은 의도로 만나도 언제나 오해와 갈등을 겪습니다. '언어'가 문제죠. 감정을 말로 표현하고 그것을 상대방이 번역해서 감정으로 이해하는 과정에서 다양한 오류가 생깁니다.

　가장 효과적이지 못한 대화는 해결책을 지시하는 것입니다. 힘이 센 사람은 약한 사람에게 대화를 빙자한 지시를 합니다. "휴대폰 내려놓고 공부해!" 하고 구체적인 행동을 지시하는 명령형이 있고, "그만두지 않으면 혼날 줄 알아!" 하고 지시에 위협까지 더하는 경고형이 있습니다. "학생이면 학생답게…"라며 해결책에 긴 훈계와 충고를 덧붙이는 설교형도 있습니다. 물론 피가 되고 살이 되는 내용이겠지만 반복해서 들으면 짜증을 넘어서 머리가 지글거립니다. 지시하려면 행동 지침만 짧게 말하는 것이 좋습니다.

　최악은 상대방을 무시하는 화법입니다. 판단형은 우위에 있는 사람이 대화하는 척하며 상대방을 압도할 때 잘 쓰죠. "너처럼 눈치 없는 애는 처음 본다!"라는 식으로 상대방을 규정하고 비판하는 것이죠. 조소형은 더 심하게 "자기만 아는 욕심쟁이!"라고 비판을 넘어 구체적인 별명을 붙입니다.
모욕감을 주는 거죠.

서로를 이해하고 친밀감을 높이려는 대화는 흥정과 거래가
아닙니다. 먼저 상대방을 존중하고 섣불리 단정 짓지 않으
며 지시나 강요를 하지 않는 태도가 필요합니다. 더 현명하
고 힘이 있는 쪽이 먼저 경청하고 상대방의 마음을 느껴야
하죠. 그다음 나의 요구 사항을 긍정적인 언어와 구체적인
행동으로 요청해야 합니다. 그러고 나서 오해를 막기 위해
내 의도가 제대로 전달되었는지를 확인해야 합니다.

　가장 효과적인 대화법은 'I 메시지'입니다. 상대방의 행
동에 대해 평가 먼저 하는 대신, 있는 그대로 묘사하고(당신
이 늦게 와서), 그 결과를 설명하고(나는 오래 기다렸다), 그 결과
에 동반된 느낌(지치고 화가 났다)을 진술하는 것이죠. 나의 감
정에 대한 솔직한 설명이 주가 되기에 상대방은 비난받는
다는 느낌을 덜 갖게 됩니다. "너는 늘 그래!"라고 상대방의
행동에 대한 평가가 주가 되는 'You 메시지'는 삼가세요.

　내 편이 사이다 같은 말을 하면 시원하지만, 반대편은 배
려가 없다고 느끼고 화를 냅니다. 내가 받고 싶은 만큼의 절
반쯤이라도 상대방에게 베풀면, 최소한 투쟁은 줄어들고 다
정하고 평화로운 세상이 될 것입니다.

다시 신뢰받는 사람이 되려면

왬!
〈Last Christmas〉

〈Last Christmas〉는 성탄절에 대한 노래입니다. 캐럴은 아니지만 연말이 되면 라디오에서 매일 흘러나오죠. 작년 크리스마스를 생각하며 모든 것을 짓밟고 간 연인을 떠올리는 노랫말 때문인 것 같습니다. '왬!'은 이번 크리스마스에는 다시 또 눈물을 흘리지는 않겠다고, 이번에는 잘 판단해서 신뢰할 수 있는 사람에게 마음을 주겠다고 다짐합니다.

상호 신뢰 형성을 시작할 때는 신뢰를 얻고 싶은 쪽이 훨씬 더 바쁩니다. 인간이 상대방을 신뢰하기로 결정하려면 다음과 같은 요소들이 필요하니까요.

안정성: 신뢰를 얻으려면 상대방에게 안정감을 줘야 합니

다. 불안은 신뢰와 반비례합니다.

공통점: 비슷한 점을 찾고 함께 나눌 수 있는 것이 많아야 신뢰를 얻기가 쉽습니다.

상호 이익: '너를 위해서'라는 말은 아무도 믿지 않습니다. 함께하는 것이 서로에게 이득임을 보여주어야 하죠.

호의와 친절: 상대방을 좋은 사람이라고 판단하는 첫째 조건은 나를 좋아해주고 나에게 잘해주는 것입니다.

능력: 아무리 착해도 무능력하면 필요가 없습니다. 내 이익에 도움이 안 되니까요.

예측 가능성: 일관되게 진실하고 도덕적인 태도를 보여서 상대방이 나의 언행을 예측할 수 있게 해줘야 합니다. 그러려면 지킬 수 있는 약속을 하고 확실히 지켜야 하죠.

의사소통의 정도: 상대방이 요구하는 것보다 더 잦고 깊은 의사소통을 할 때 신뢰의 문은 더 활짝 열립니다.

깨진 신뢰를 회복하는 일은 처음 신뢰를 쌓는 일보다 더 어렵습니다. 신뢰 회복 여부는 배신을 당했던 사람의 손에 달렸습니다. 왜 내가 상대방을 다시 신뢰하겠다고 결정하는지에 대해 스스로 잘 이해해야 하죠. 대부분은 '최선은 아니지만 다른 대안보다 나아서' 신뢰를 회복합니다. 필요성과 유용성 때문이죠. 신뢰 회복의 이유를 확실하게 인식해야 합니다. 또 신뢰를 다시 견고히 쌓으려면 다음과 같은 요소들을 키워야 합니다.

위험 감수 능력: 상황을 객관적으로 파악해서 뒤따라올 가능성이 있는 위험 요소들을 알고, 이에 대한 대책을 마련하는 능력을 키워야 합니다.

현실 적응 능력: 융통성이 있는 성숙한 인간이 되어야 합니다. 성숙의 조건은 인내, 이타심, 승화, 유머입니다.

관계 역학의 이해: 신뢰를 회복하려고 애쓰는 사람은 약자이고, 배신당했던 나는 갑자기 강자가 됩니다. 진정으로 신뢰 회복을 원한다면 약자를 도와줘야 합니다. 돕지 않으면서 신뢰를 요구하는 것은 처벌 혹은 억압이죠.

그 사람이 필요 없으면 빨리 다른 사람을 찾아야 합니다. 하지만 대부분 좋아하는 사람이 다시 돌아와 사랑을 표현하면 또 속지요. 사랑은 감정의 열병이니까요. 다른 대안이 없다면 위험 감수 능력, 현실 적응 능력 등을 서둘러 발휘해 이상적이지는 않지만 불행과 외로움보다 나은 사랑과 평화를 유지하겠다고 결정해야 합니다. 그래야 내가 지옥이 아닌 비교적 만족스러운 세상에서 살 수 있고, 현명한 사람이 될 수 있으니까요.

성탄절의 진정한 의미는 사랑과 평화입니다. 인간에게 가장 필요한 삶의 조건이죠. 못난 인간들의 행복과 구원을 위해 자신을 바치지는 못하더라도, 최소한 함께 살아가야 할 사람들에게 사과하고 용서를 구해야 합니다. 사랑할 수 없다면 평화라도 만들어내야 합니다. 말로만 그러는 것이 아니라 행동으로 옮겨 주고받을 수 있다면, 우리를 질식시킬 것 같은 분노를 가라앉히고 신뢰를 회복할 수 있습니다.

현실적인 사랑하기

카펜터스
〈Close to You〉

어느 저녁, 퇴근한 저를 위해 밥상을 차려준 아내에게 고맙다고 말하며 포옹을 하려니 밀쳐냅니다. 덥고 끈적끈적하답니다. 이분이 진정 언제나 제 곁에 있고 싶어 하던 그 아름답던 새색시와 동일 인물일까요?

청춘의 사랑은 뇌 기능의 왜곡과 신열을 동반하는 질병입니다. 뇌의 변화로만 규정하는 사랑은 3단계로 진행되죠. 첫 번째 단계는 '성호르몬의 증가로 인한 이성에 대한 갈망'입니다. 성에 대한 갈망이 고조된 상태에서 매력적인 대상을 만나면, 사랑의 두 번째 단계인 '상대방에게 홀딱 빠지는 강한 끌림의 단계'로 들어갑니다. 콩깍지가 씌어 눈이 머는 것이죠. 세 번째 단계는 사랑의 하이라이트인 '사랑하는 사람이 계속 생각나고 함께 있고 싶은 강박 상태의 단계'입니다. 일종의 중독이기도 하죠. 이 단계에서는 사랑하는 사람과 관련된 것들에 긍정적인 의미를 과도하게 부여하고, 부정적인 것들은 외면하는 도취와 상대방을 이상화하는 사고 장애도 동반됩니다. 〈Close to You〉의 노랫말처럼 말이죠. 사랑하는 사람이 나타나면 새들이 홀연 날아오르고, 별들이 하늘에서 뚝 떨어진다고 믿는 망상을 하는 것이죠. 또 모든 여자가 당신을 좋아해서 나를 질투한다는 망상도 하게 되지요. 경험해보신 분들은 아시겠지만, 이런 말도 안 되는 환희의 상태는 오래가지 않습니다. 아무리 극심해도 3년을 넘기지 못하죠. 환상이 깨지면 비로소 현실적인 사랑의 시기가 찾아옵니다.

　사랑하는 사람과의 갈등은 상대방에게 존중받지 못하고 친밀감을 얻지 못한 분노에서 비롯됩니다. 서로를 존중하지 않는 관계를 지속하는 이유는, 대개는 거기서 생겨나는 현실적인 이득을 놓칠 수 없기 때문이죠. 상대방에게 존중할 수 있는 사람이 되라고 호통을 치기보다 자신이 이득을 포기할 수 있는지를 돌아봐야 합니다. 잘 살펴보면 존중할 자격에 대한 논쟁 밑에는 사랑과 친밀감을 거부당할 것 같은 두려움과 분노가 있죠. 두려움을 분노로 표현하는 것입니다.

'햇볕정책'은 배우자나 자녀와의 갈등을 푸는 데는 가장 효과적이고 거의 유일한 방법입니다. 공격과 비난은 방어와 회피, 더 나아가 역공과 결별을 유발하니까요. 따뜻함으로 상대방을 무장 해제시켜야 존중과 친밀감을 줄 수 있습니다.

먼저 나 자신의 친밀함에 대한 욕구를 표현해야 합니다. 그리고 그 욕구가 좌절되어 입은 상처를 보여주어야 하죠. 상대방을 잃을까봐 두려워하는 나의 본모습도 보여줘야 합니다. 내가 강자가 아니라 사실은 약자인 것을 드러내면 상대방도 자신의 욕구와 상처와 두려움을 꺼내 보여줄 것입니다. 말은 쉬워도 따라 하기는 어려운 설교가 되었다면 죄송합니다.

화를 참기 어려울 땐 '카펜터스'가 나이 들어 발표한 〈Close to You〉의 자매곡 〈Yesterday Once More〉를 들으며 마음을 달래보는 것도 좋습니다. 꼭 이 노래가 아니더라도 행복했던 시절에 즐겨 듣던, 사랑에 빠졌을 때 함께 듣던 노래들을 들어보세요. 미소를 자아내는 추억 속 노래를 듣다 보면 잊었다고 생각했던 노랫말이 입가에 맴돌고, 저절로 노래를 따라 부르며 포근하고 따스했던 감정으로 잠시나마 돌아갈 수 있으니까요.

PART 3

서로
함께하는 시간

오늘은 이 말을 하고 싶네요.
사랑합니다.

부모의 자격

양희은
〈엄마가 딸에게〉

몇 년 전 작곡 의뢰를 받았습니다. 양희은 씨가 후배들에게 곡을 받아 부르는 싱글 프로젝트 '뜻밖의 만남(후배 뮤지션들이 작사, 작곡, 프로듀싱한 곡을 불러 협업하는 프로젝트명)'에 들어갈 곡이었죠. 이적, 윤종신 등 쟁쟁한 작곡가들이 참여한다더군요. 제가 만든 노래가 화제를 일으킬 가능성은 미미해 보였습니다. 고민하다가 요즘 음악 트렌드를 따르지 않고, 한심한 보통 사람에 대한 매우 사실적인 노래를 만들기로 했습니다. 인정받지 못하거나 거절당하는 일이 두려웠습니다. 그래서 미리 대중적인 성공은 필요도 맛도 없다는, 그 흔한 '신 포도' 만들기 작전으로 자기방어적인 허세를 부렸죠.

어떤 노래가 양희은 씨에게 어울릴까 생각해봤습니다.

1970년대 청바지의 아이콘인 양희은 씨도 결국 나이가 들었고, 그녀의 경쾌함과 솔직함은 세월이 흐르며 매사 평가하려 드는 깐깐함으로 받아들여졌습니다. 평가는 학생이나 평가 의뢰자에게는 필요하지만, 자녀에게 득이 되는 경우는 별로 없죠. 오히려 저항만 불러일으키곤 합니다.

그래서 열다섯 살 딸을 키우는 엄마의 목소리를 담기로 했습니다. 질풍노도의 시기에 있는 어린 딸은 엄마에게 불만을 표현하며 저항을 하죠. 자식을 이기는 부모는 없기에 엄마는 어쩔 수 없이 입을 다뭅니다. 엄마의 질문에 딸은 대꾸도 하지 않고 자기 방으로 들어갑니다. 대립하는 상황이 안타까운 엄마는 설거지하며 딸에게 하고 싶은 말을 혼잣말로 토로하곤 합니다. 엄마와 딸 사이에서 흔히 볼 수 있는 장면이죠. 이 장면을 노래로 만들기로 했고, 그렇게 탄생한 곡이 〈엄마가 딸에게〉입니다.

〈엄마가 딸에게〉에서 엄마는 자녀가 실망스러운 모습을 보이자 부정하려 합니다. 불만족스럽지만 자신의 삶을 참고 버텼는데, 내 딸이 나와는 다른 더 나은 삶을 살기를 바라며 헌신했는데 자녀가 기대를 저버리니 속상하죠. 그런데 왜 엄마와 딸은 서로를 이해하지 못하고 대립각을 세우게 되었을까요. 엄마는 가만히 자신의 삶을 바라보기 시작합니다. 어떻게든 이 비극에서 벗어나야 하니까요. 아니면 결국 현실을 수긍할 수밖에 없죠.

처지를 바꾸어 생각해봤습니다. 나는 나의 아이들에게 무슨 말을 해주고 싶을까? 그리고 아이들은 어떤 말을 '실질적인 도움'으로 받아들일까? 답은 단순하다 못해 유치했습니다. 인간에게 긍정적인 감정을 유발하는 가장 큰 요소는 다름 아닌 사랑입니다. 남녀 간의 사랑을 넘어서 서로 신뢰하고 의지하고 나누는 애착을 말합니다. 그다음은 자신의 유능함을 확인하는 것입니다. 잘 살고 있고 사회적으로도 기여한다고 느낄 때 우리는 기뻐합니다. 마지막으로 즐겁게 놀기입니다. 저는 제 아이들에게 사랑, 유능함의 확인, 즐거움을 권하고 싶었습니다. 아이들도 평가가 아닌 사랑과 칭찬과 즐거움을 환영할 겁니다.

삶에 대한 부모의 조언은 자녀들에겐 변방의 북소리보다 못할 때가 많습니다. 분노는 논리를 파괴하니까요. 아이는 자라서 부모의 나이가 되었을 때 비로소 삶과 역사가 조잡하게 반복되는 싸구려 '훅송hook song'이라는 것을 스스로 깨닫게 되겠죠.

화가 나 있는 자녀에게 도움을 주고 싶다면 먼저 자녀의 화를 풀어줘야 합니다. 그러려면 부모의 처지에서는 억울할 수도 있지만, 자녀에게 눈을 맞추고 낮은 자세로 사과를 해야 하죠. 그리고 자녀의 울분을 함께 나눠야 합니다. 처음부터 자녀가 깊은 감정을 드러내리라는 영화 같은 기대는 접어두고 말입니다. 일반적으로 자녀는 무조건 대화를 거부하고, 그다음에는 부모가 과거에 잘못한 일을 들추며 과도하게 비난합니다. 자신의 잘못과 현재의 불만족스러운 처지를 부모의 탓으로 돌리죠. 이때 부모가 그렇게 해야만 했던 이유를 설명하거나 네가 하는 말은 틀렸다고 반박하면 안 됩니다. 자녀가 다시 방어적인 공격을 할 테니까요. 부모에겐 조급함보다 인내심이 필요합니다. 인내의 시간이 흐르면 자녀는 부모가 진심으로 사과하고 관계를 개선하기 위해 노력한다고 믿으며, 억지를 부리는 제 태도를 미안하게 여기게 됩니다. 그렇게 빙산이 녹듯 아주 천천히 악감정이 완화되어야 비로소 논리를 가지고 이야기할 수 있죠.

〈엄마가 딸에게〉의 뮤직비디오는 양희은 씨의 동생인 배우 양희경 씨가 엄마로 분하여 딸의 성장을 바라보는 우리네 엄마의 모습을 대변합니다. 〈엄마가 딸에게〉를 들으며 아이들에게 무엇이, 어떤 이야기가 필요한지 한 번쯤 생각해보면 어떨까요? 뮤직비디오의 양희경 씨 눈빛도 감상해보면서요.

부모가 아이들에게 배워야 할 것

워너원
〈에너제틱〉

늦둥이 막내딸이 '워너원'과 사랑에 빠졌습니다. 특히 강다니엘과 열애 중이죠. 딸은 예쁘고 멋있는 소년들이 부르는 〈에너제틱〉이란 노래가 그렇게 좋답니다. 딸에게 노랫말이 안 들린다고 하니까, 요즘 노래는 노랫말보다 강하고 트렌디한 리듬과 훅hook이 중요하고, 얼마나 더 매력적인 가수가 부르는지가 중요한 거랍니다. 타당한 말입니다. 저는 쉰 살이 되며 노래를 다시 만들고 부르기 시작했는데, 제가 만든 노래들은 노랫말은 잘 들리는데 리듬이 느리고 귀에 쏙 들어오는 후렴이 없습니다. 젊었을 때도 저는 매력적인 가수는 아니었죠.

딸과 함께 노랫말을 찾아봤습니다. 사랑에 빠진 소년이

터질 것 같은 기쁨으로 '힘이 넘치는 상태(energetic)'가 되어, 타인의 시선을 신경 쓰지 말고 열정적으로 춤을 추자는 내용입니다. 조지 거슈윈, 엘비스 프레슬리, 비틀스 등 몇 세대 전의 음악가도 첫출발할 때 이와 비슷한 노래를 불렀죠. 모든 청춘이 한 번쯤은 느꼈을 도파민 과다 분출의 영향과 기존의 틀에 대한 거부의 메시지를 담았습니다.

저는 펄떡거리는 날것의 감정이 예쁘게 표현된 것이 조금 아쉬웠습니다. 더 거칠었으면 했죠. 요즘 많은 노래가 작곡을 먼저 하고 멜로디에 가사를 붙이고 있습니다. 과거보다 노랫말이 뒷전으로 밀리는 것 같습니다. 노랫말의 가치를 잃어가는 현실이 아쉽지만, 자꾸 듣다 보면 좋아지는 노래도 있더군요. 미디어의 강력한 힘이기도 하지만 딸 덕에 요즘 핫한 노래 한 곡을 배웠습니다.

부모에게 배우며 의존하던 아이는 금세 어른이 됩니다. 어느새 나이 든 부모는 자녀에게 의지하고, 몰랐던 것들을 아이에게서 배웁니다. 기쁜 마음으로 배우기도 하고, 함께 상호작용을 하다가 엉겁결에 저절로 배우기도 하죠. 더러는 그런 배움을 거부하는 어른도 있지만 그러면 자기만 손해죠.

한 연구 결과에 따르면 부모는 자녀에게 배우는 것이 많을수록 더 행복하다고 합니다. 급변하는 세상에 뒤떨어지지 않고 잘 적응한 덕도 있지만, 자녀에게 무언가를 배우는 것이 자녀와 좋은 관계를 유지하도록 해주기 때문입니다. 새로운 것을 배우는 동시에 소중한 사람과 굳건하게 연결되어 있음을 확인하고, 그들에게 자랑스러운 어른이 되려는 열정과 희망을 계속 유지할 수 있기 때문입니다.

늘 결론은 교과서적입니다. 행복하게 나이 들려면 소중한 사람들과 진심으로 사랑을 주고받으며 관계를 잘 유지해야 합니다. 자녀를 양육하는 것에 그치지 않고, 우리가 키운 사람에게 배우며, 두 세대가 서로 주고받는 관계를 만들어야 합니다. 진정한 인간관계의 의미를 부모도 경험하고 자녀에게도 경험시켜줘야 합니다. 그 기쁨이 그다음 세대로 전해질 수 있도록 말이죠.

그러려면 자녀와 원활한 소통이 필요하죠. 소통하려면 먼저 관찰하고 질문하며 상대가 원하는 것과 상대의 소통 방식을 배워야 합니다. 그리고 내가 먼저 상대가 원하는 방식으로 다가가야 하죠. 자녀의 내면에 관심을 두고 알아가다 보면, 자녀에게 배울 것이 참 많다는 사실을 알게 됩니다.

친밀감을 표현하는 게 서툰 아버지는, 서먹서먹함을 대물림하지 않으려는 아들이 따스하게 손자를 돌보는 모습을 보고 뒤늦게 사랑을 나누는 법을 배웁니다. 아들이 아버지에게서 무엇을 원했고 원하고 있는지를 알게 되죠. 화를 잘 내던 어머니도 딸이 인내심을 가지고 손녀에게 귀 기울이며 상처를 대물림하지 않으려는 모습을 보고 배웁니다. 역시 딸이 어머니에게서 무엇을 원했고 아직도 원하고 있는지도 알게 됩니다. 그렇게 서로 배우며 이해할 때, 부모는 더 좋은 어른이 되고, 자녀는 부모를 진심으로 사랑하고 존경하게 됩니다.

정성을 다해 자신들을 키워준 윗대를 보살펴야 한다고 생각하는 사람이 줄어가고 있습니다. 존중과 배려는 희망사항입니다. '당신들이 우리에게 해준 게 뭐냐? 우리 발목을 잡지 말고 빨리 사라져달라!'는 이야기를 듣지만 않아도 다행입니다. 다음 세대에게 버림받지 않으려면 그들의 마음에서 진심 어린 감사와 존경이 우러나오게 지금의 어른들이 노력해야 합니다. 아직 늦지 않았습니다. 관계는 늘 변합니다. 항상 얻고 싶은 쪽이 더 노력해야죠.

인정하고 이해하고 사랑한다면

김민기
〈강변에서〉

저는 '딸 바보'입니다. 늦은 밤 교문 앞에서 딸이 자율학습을 마치고 나오기를 기다리며 음악을 듣습니다. 김민기의 〈강변에서〉는 저 같은 딸 바보 아빠가 부르는 노래죠. 때는 1970년대 초입니다. 새벽부터 '새마을 운동' 노래가 잠을 깨우고, 엉성한 슬레이트 지붕이 늘어가고, 하면 된다고 믿거나 그렇게 믿기를 강요당하고, 애국가가 울리면 걸음을 멈추고 '국기에 대한 맹세'를 외우던 시절이었죠. 해가 저물면 동네는 아이를 부르는 엄마의 고함과 두부 장수의 딸랑딸랑 종소리, 라디오 드라마와 뉴스에서 흘러나오는 소식들로 시끌벅적했습니다. 아버지, 형, 누나 들이 어깨를 늘어뜨리고 퀭한 눈으로 하나둘씩 집으로 돌아왔죠.

〈강변에서〉는 어린 딸을 둔 아빠의 독백입니다. 아빠는 강둑에 앉아 어린 딸 '순이'가 다니는 '공장'을 바라보며 속으로 혼잣말을 합니다. 노랫말에는 강둑에 쭈그리고 앉아서 딸을 기다리는 아빠의 안타까운 걱정이 담뿍 배어 있습니다. 학교도 다니지 못하고, 가족들 먹여 살린다고 밤늦게까지 일하는 어린 딸의 모습이 보이지 않으니까요. 워낙 세상이 흉흉하니 불안했겠죠. 휴대전화가 없던 시절에는 더욱 걱정되었을 겁니다. 강 위에 비친 불빛도, 별빛도, 아빠의 마음처럼 출렁거립니다. 그때 강 건너 저 멀리 갈대들 사이로 지친 딸의 모습이 보입니다. 그제서야 아빠는 안심을 합니다.

수업을 미치고 나오는 착하고 예쁜 딸의 모습을 보면 반갑고 짠합니다. 무거운 가방을 메고 터벅터벅 교문을 빠져나오면, 안쓰럽고 대견해서 어깨를 다독여주며 가방을 들어주려 하는데, 갑자기 가만 놔두라며 짜증을 낼 때가 있습니다. 무엇을 먹겠냐는 질문에는 무슨 말인지 모르게 웅얼거립니다. 피곤하니까 청소년기의 특징인 자아중심성이 더 강해진 것이죠. 청소년은 자신의 내면세계와 보편적인 세계를 잘 구분하지 못하고, 자신의 상태에 따라 세상의 기준을 바꾸곤 합니다.

　평소에 딸은 무례하지 않습니다. 시험 기간이라 힘드니까

짜증을 부린 거죠. 아빠가 자신을 대할 때 지켜야 하는 규칙을 자기도 모르게 바꾸고, 제가 그것을 안다고 생각하는 것이죠. 사실 이런 고무줄 같은 자기중심적인 규칙의 변화는 어른들 사이에서도 흔합니다. 힘들면 어른도 아이가 되곤 하죠.

저는 엉겁결에 딸에게 한 방을 맞고 잠시 당황하다가 다정한 표정을 되찾고 말없이 아이의 이야기를 기다립니다. 불안징힌 아이에게는 야단치지 않고 보호해주는 안전감을 주는 대상, 판단하지 않는 태도로 자신의 상태와 생각에 호기심을 가져주는 대상, 자신의 상태와 생각을 이해하고 공감해주는 대상, 도움을 청할 때 적절한 도움을 주고 의논을 해주는 대상이 필요하다는 걸 누구보다 잘 아니까요. 아니나 다를까 조금 있다가 아이는 투덜거리며 짜증 난 이유를 털어놓습니다.

부모에게 인정과 사랑을 받는다고 믿는 청소년은 자아중심성이 낮지만, 지나친 통제와 구속을 받는다고 여기는 아이들은 자아중심성이 높습니다. 억울한 것이죠. 공장에서 일하지 않아도 열여섯 살 아들딸들은 여전히 힘들고 부모도 걱정이 많죠. 하지만 부모가 아이를 가르치기보다 이해하고 인정해주려고 노력한다면, 아이들은 자랑스러운 자녀가 되기 위해 노력할 것입니다. 그러는 사이 아이들은 저절로 발전하고 자신을 꽤 괜찮은 사람이라고 믿게 됩니다. 궁금합니다. '순이'도 아빠에게 짜증을 냈을까요? 가끔은 그랬겠죠?

가족이라는 이름의 비수

배리 매닐로
〈Ships〉

재미있는 농담을 한다고 한 말 때문에 절친한 친구에게 상처를 주었습니다. 하여간 저는 아직도 어리석은 짓을 너무 많이 합니다. 나이도 먹을 만큼 먹었는데 말이죠. 명절이 되면 정신과 진료실은 바빠집니다. 용서할 수 없는 상처를 준 친가, 얼굴도 보기 싫은 시댁, 분노를 유발하는 친척에 관한 이야기가 넘쳐흐릅니다.

〈Ships〉는 여러 이유로 서로 우호적이지 않은 아버지와 아들에 관한 이야기입니다. 상처를 주고받으며 서먹해진 부자간의 안타깝고도 익숙한 모습을 그리고 있죠. 어색하게 손 흔들며 잘 있었냐고 인사를 나누는 사람들 같다고. 그동안 너무 거리를 두어서 편지로 안부를 물어야 하는 사이가 되었다고 말합니다. 여담이지만 저는 편지만으로 소식을 전하던 때가 그립습니다.

　노래 속 아버지는 아들에게 다가와달라고 부탁하고 있지만, 정작 아들이 간절히 필요로 할 때 그는 아들을 밀어냈습니다. 아들이 잘되기를 바라는 아버지의 노력이 아들에게는 오히려 깊은 상처가 되었죠. 아들은 인제 와서 불쑥 손을 내미는 아버지가 불편할 뿐입니다. 그런 마음 때문에 죄책감을 느끼니 더더욱 힘이 듭니다. 아이러니하게도 다가가고 싶지만 다가가고 싶지 않습니다. 아들은 혼잣말을 합니다. '거리를 두고 사랑하기가 편해요.'

어릴 적 가장 기대고 사랑한 사람에게 받은 상처는 깊이 각인되어 오래갑니다. 어릴 적의 상처는 뇌의 회로를 왜곡된 방식으로 배선시키고, 그 고통을 최소화하기 위한 방어기제를 과다하게 발달시키기 때문이죠. 이런 상처를 극복하기란 정말 어렵습니다. 하지만 부단히 노력하고 진정으로 사랑하는 사람들이 곁에서 돕는다면 깊은 상처도 치유할 수 있죠. 상처 치유가 가능하니까 정신건강의학과 의사도 있는 겁니다.

　명절이면 족보상으로 가깝지만 마음으로는 친밀하지는 않은 친척과 만납니다. 별생각 없이 좋은 의도로 한 이야기가 상대방의 취약한 부분을 건드릴 수 있죠. 어디에 어떤 지뢰가 숨어 있는지 알기 힘듭니다. 특히 밖에서 들어온 사람이 더 취약합니다. 그 가족에서는 약자니까요. 그런 사고를 미리 방지하려면, 인터넷을 뒤져서 각 연령대와 처지에 따라 명절 때 듣고 싶어 하지 않는 이야기의 순위를 찾아보는 것이 도움이 됩니다. 저는 명절에 친절한 표정으로 상대의 말에 귀 기울이고, 상대의 처지에 공감하려고 노력하고, 의뢰하지 않는 이상 제 의견을 먼저 말하지 않고, 의뢰해도 최소한 세 번은 숙고한 후에 조심스럽게 말하려고 합니다. 어렵습니다만.

정말 중요한 이야기라면 세련되고 재치 있게 해야 합니다. 상대방이 언짢아해도 상대방을 위하는 방식으로 건설적으로 말해야 하죠. '무엇을 말하기'보다 '어떻게 말하기'가 더 중요하다는 건 백 번 강조해도 지나치지 않습니다. 저에게는 센스 있게 말하는 능력이 별로 없고, 가족 중엔 저보다 더 현명한 사람이 많아서, 저는 그냥 입보다 몸을 움직여 가족에게 도움이 되고자 합니다. 그러면서도 저도 모르게 또 요놈의 말이 앞설까봐 걱정하면서 말이죠.

그런데 말입니다. 〈Ships〉 속에 등장하는 아들은 결국 연약해진 아버지의 손을 잡아줬을까요? 잡아야 하지 않을까요?

아직 분노가 남아 있겠지만 그만큼 사랑도 살아 있으니까요. 아직 시계는 멈추지 않았고, 후회를 남기지 않을 시간이 우리에게는 있으니까요.

당신 때문에, 덕분에

켈리 클라크슨
⟨Because of You⟩

⟨Because of You⟩는 어머니가 불행하게 사는 모습을 보며 어머니 같은 삶을 살지 않겠다고 다짐하는 딸의 이야기입니다. 악감정은 냇물처럼 아래로 흐릅니다. 시어머니에게 혼난 며느리는 별일 아닌 일로 아이에게 화풀이하고, 혼난 아이는 분해서 강아지에게 소리치고, 강아지는 분노를 달랠 방법이 없어서 지나가는 사람에게 짖는 것처럼 말이죠. 어머니는 딸의 잘못을 지적하며 과하게 야단쳤고, 딸은 두려운 마음을 드러내지 않고 울지 않으며 부당함에 저항합니다. 어머니가 돌아가신 후 딸은 울음을 참을 필요가 없어졌죠. 그러나 어린 시절 받은 정서적 학대는 깊은 자기혐오와 타인에 대한 불신이라는 마음속 흉터로 남았습니다.

우리가 말하고 행동하는 데 가장 큰 영향을 주는 요소는 친밀한 대상과의 관계입니다. 편하고 만족스러운 관계를 경험하면 긍정적인 동기가 생기고, 불편하고 불만족스러운 관계를 경험하면 부정적인 동기가 생깁니다. 그 중요한 대상과의 상호 작용에서 비롯된 감정이 우리의 판단, 결정, 언행을 만듭니다.

부정적인 감정을 반복해서 겪으면 지긋지긋해서 감각이 둔해지고 경직됩니다. 보고 싶은 것만 보고 듣고 싶은 것만 듣습니다. 앞서 말했듯 과거의 고통을 피하고 자신을 보호하기 위해 사용했던 방법이 이제 필요 없는데도 계속 쓰는 것이죠.

켄리 클라그슨은 부모에게 상처를 받아서 나와 세상과 미래를 부정적으로 바라보고 불행한 삶을 산다고 힘겹게 토로합니다. 하지만 현실을 직시하기만 해도 변하고 발전할 수 있습니다. 과거를 과거에 두고 긍정적인 자극을 있는 그대로 바라볼 때, 부정적인 믿음은 바뀔 수 있죠.

인간이 자신감을 가지고 발전하려면, 발전의 방향을 정하고, 발전을 방해하는 원인을 파악하고, 발전을 방해하는 요인을 제거하는 해결책을 찾아 행동에 옮겨야 합니다. 그래서 실력이 늘고, 자기가 중요하다고 생각하는 타인에게 인정을 받아서, 자신감이 생겨 더 좋은 판단과 결정을 하고 실행하는 선순환을 만들어내야 합니다.

말은 쉽지만 실행하기란 어렵습니다. 노력해도 부정적인 대상이 기대하는 만큼 결과를 내놓을 수 없다고 예상하는 '학습된 무기력' 때문이죠. 그럴 때 우리는 못난 사람이 되고 싶지 않아서, '해봤자 별 득이 없다'며 또다시 '신 포도' 작전을 씁니다.

밥상은 좋은 관계를 맺는 최고의 무대입니다. 함께 맛있는 음식을 먹을 땐 경계심이 풀리고 기분이 밝아집니다. 그때 부모는 아이들이 속마음을 드러내고 이해받고 싶었던 이야기를 할 수 있도록 분위기를 만들어주어야 합니다. 아이의 말을 가로막지 말고 들어만 주세요. 충분히 말할 수 있도록 기다려주세요.

부모가 아이의 말을 한 번 들어준다고 아이에게 극적인 변화가 일어나지는 않습니다. 하지만 적어도 이전과는 다르다고, 조금은 좋았다고 아이는 느낄 것입니다. 청소년기 후기 이상의 아이들은 분노가 조금 가라앉으면 자신이 했던 말을 되짚어보고 곱씹어보겠죠. 그러고 나서 자신의 말이 진심이었는지 상대방을 공격하려 했던 것인지 자해하려던 것인지 가려낼 능력을 발휘할 것입니다. 부모는 아이들을

믿을 수밖에 없지요. 이렇게 기다려주고 이해해주는 가정이
되었으면 합니다.

어머니가 차려주신 밥상

보이즈 투 맨
〈A Song for Mama〉

〈A Song for Mama〉는 영화 〈소울푸드Soul Food〉의 주제가입니다. 혼자 세 딸을 키우는 흑인 어머니가 주말 한 끼는 꼭 가족과 함께한다는 규칙을 지키며, 다음 세대가 가족애를 지킬 수 있는 틀을 마련해준다는 이야기죠. 이 홀어머니는 인간이 소중하게 여겨야 할 것이 무엇인지를 가르쳐주고 모범적인 가장의 모습을 보여주죠. 또 음식으로 영혼의 허기를 채워줍니다. 즉 이 어머니는 사랑하는 사람과의 관계와 그 사랑을 기초로 한 삶의 의미를 물려준 것입니다. 어머니의 사랑은 '영혼의 양식'과 같다는 노랫말은 홀어머니 아래서 자란 〈A Song for Mama〉의 작곡가 베이비페이스의 고백이기도 하죠.

저는 이 세상에서 저의 딸과 아들이 제일 무섭습니다. 가장 사랑하기에 딸과 아들의 말 한마디와 약간의 감정 변화에도 긴장하죠. 별의별 걱정을 다 하고요. 아내는 서열에서 밀렸습니다. 그래도 여전히 사랑하고 무섭습니다. 이 세상에서 저를 가장 사랑해주는 사람이 어머니와 아버지라는 사실을 이제야 실감하고, 저도 부모님을 진심으로 사랑하지만 사랑은 역시 내리사랑이더군요.

제가 가장 존경하는 사람은 부모님입니다. 큰 축복이죠. 부모님을 향한 존경에 세상의 잣대는 중요하지 않습니다. 저의 부모님은 아름다운 노화의 표본입니다. 변화를 기꺼이 받아들이는 용기와 현명한 적응력을 행동으로 보여주시죠.

저의 부모님은 우주의 섭리를 잘 받아들이십니다. 서두른다고 계절이 빨리 흐르지 않듯 헛된 노력으로 시간을 멈추려 하지 않고 순리를 따르십니다. 지금 부모님은 인생의 늦가을 혹은 초겨울을 만끽하고 계시죠. 삶의 중요 순위도 잘 지키십니다. 새로운 친구들과 함께하는 경험과 배움도 중요하지만, 가족과 사랑과 배려를 주고받는 일을 무엇보다 중요하게 생각하시죠.

친밀한 관계를 잘 관리하려면 노력이 필요한데, 부모님은 전화를 잘 사용하십니다. 자존심을 지키려고 말을 하지 않고 끙끙거리시지 않으며, 자식들이 부담을 갖지 않도록 생각과 감정을 간단명료하게 전달해주시죠. 퀴즈가 없으니 마음이 편하고, 설교가 아니라 유머를 사용하시니 귀 기울이게 됩니다.

사회적인 기여도 소홀히 하지 않으십니다. 최근까지 야학에서 봉사도 하셨죠. 돌봄을 요구하기보다 주변 사람을 소중히 여기고 보살피며, 몸이 고달프더라도 사회에 보탬이 되고자 노력하십니다. 스스로 할 수 있는 일은 자율적이고 능동적으로 해결하시고요. 특히 아직도 늘 무언가를 계획하고 계시죠. 품위 있는 노화의 본보기입니다. 미화된 면도 있겠지만요.

저의 마지막 소원은 부모님의 현명하고 품위 있는 노화 과정을 배워서 제 아이들에게 보여주는 것입니다. 잘할 수 있을지 모르겠습니다. 제가 잘 보여줘야 제 아이들도 잘 보고 배우고 또 자기 아이들에게도 가르쳐줄 수 있겠지요.

몇 년 전 매우 힘든 일이 있었을 때, 퇴근 후 무작정 제주도 부모님 댁에 갔습니다. 어머니는 갑자기 들이닥친 저를 위해 밥상을 차려주셨습니다. 저는 부모님과 마주 앉아 별다른 이야기도 하지 않고 밥을 먹었습니다. 저는 감정을 숨긴 채 잘 지낸다는 표정을 연기할 수 있는 사람이고, 부모님은 제가 말문을 열기 전까지 꼬치꼬치 캐묻지 않는 분들이죠.

아버지는 제 술잔에 술을 몇 번 더 채워주셨습니다. 그렇게 별다른 이야기도 하지 않고 하룻밤을 자고 새벽 첫 비행기로 서울로 돌아왔습니다. 상황은 그대로이고 잠시 부모님을 뵙고 온 것뿐인데 참 이상하게도 다시 현실을 직면할 힘이 생기더군요. 역시 부모님의 사랑은 영혼의 음식입니다.

나이가 들면 가장 그리운 상이 부모님께서 주시는 '밥상'이 아닐까 싶습니다. 곁에 있을 때 잘 하면 좋겠지만 그러기 쉽지 않죠. 그래서 부모님과 떨어져 살게 되면 비로소 부모님의 고마움을 느낍니다. 부모님께서 사랑을 잘 표현하지 못하는 둘째의 마음을 알아주시길 바랍니다. 오늘은 이 말을 하고 싶네요. 아버지, 어머니, 사랑합니다.

아버지와 크리스마스

클리프 리처드
〈Daddy's Home〉

아버지는 군인이셨습니다. 늘 강원도 전방에 계셨죠. 크리스마스이브 오후면 우리 가족은 아버지의 부대로 가는 버스를 탔습니다. 좁고 꼬불거리는 눈길을 한참 달려 종점에 도착하면, 아버지가 부동자세로 기다리고 계셨죠. 새까맣게 탄 얼굴에 군용 점퍼를 입은 아버지가 제 눈엔 이순신 장군 동상 같아 보였습니다.

아버지는 저녁 식사로 이 세상에서 제일 맛있는 음식인 짜장면을 사주셨습니다. 젓가락질 몇 번이면 사라지는 아쉬움에 우리 형제는 그릇에 붙은 것까지 깨끗하게 핥아먹었죠. 그럴 때 아버지는 혼을 내셨지만, 강아지 같은 행동을 멈출 수 없었습니다. 군인교회에서 자정 예배를 드리고 돌아오는 눈이 수북이 쌓인 길에서 우리 가족은 화음을 넣어 캐럴을 불렀습니다. 무뚝뚝하셨지만 아버지는 노래를 잘하셨죠. 아침에 깨면 머리맡에 놓인 양말 안에 선물이 들어 있었습니다. 원했던 선물이 아닌 경우가 더 많았지만, 선물을 받으면 무조건 기분이 좋았죠. 우리는 신이 나서 온종일 눈밭을 뛰어다녔습니다.

우리 형제가 더 자란 뒤에는 아버지가 서울로 오셨습니다. 노래를 잘하는 형이 찬양 예배 특송 담당이었기 때문이죠. 형과 저는 찬양대에서 노래하면서 입구 쪽을 계속 힐끔거렸습니다. 아버지의 커다랗고 꼿꼿한 모습이 보이면 우리는 서로를 보고 씩 웃으며 안심했죠. 아버지가 오셔야 어머니와 할머니두 행복해지고 우리도 행복할 수 있었으니까요. 아버지가 집에 오셔야 비로소 온전한 성탄절이 되었습니다.

〈Daddy's Home〉은 아주 잘 만들어진 오래된 '두왑'° 노래를 클리프 리처드가 리메이크한 것입니다. 복잡한 이유로 집을 떠나 있어야 했던 아버지 혹은 남편이 집으로 돌아오는 마음을 이야기하는 노래죠. 노래 속 아버지는 기다려줘

° Doo-wop, 1950년대 중반부터 1960년대 초반 '리듬 앤 블루스'를 기반으로 한 백업 보컬 스타일.

서 고맙다고, 얼마나 돌아오고 싶었는지 모른다고, 다시는 떠나지 않겠다고 말하는 듯합니다. 노래 제목으로 코미디 영화가 만들어졌습니다. 역시 복잡한 가족의 꼭 즐겁지만은 않은 크리스마스 이야기죠.

성숙하게 늙는 인간은 현명하기에 따뜻합니다. 무엇이 더 중요한지를 아니까요. 따뜻한 어른이 그리 흔하지는 않죠. 이순신 장군 동상 같아 보이던 아버지가 점점 작아지시고, 가르치기만 하던 분이 언제부턴가 듣기 시작하고, 심지어 사랑한다는 말도 자주 합니다. 이제 집에 오는 아버지가 아니라 드디어 집에 계시는 아버지가 되었습니다. 최근에는 시로 등단까지 하셨습니다. 아버지가 쓰신 시 〈성묘〉를 자랑하고 싶군요.

어머니 산소에 다녀와야지.
서른여덟에 혼자가 되어 걸핏하면 회초리 꺾어오라 하시던.
종아리 때리시곤 나보다 더 슬피 우시던 어머니께
회초리 몇 개 갖다드리고 나 홀로 울고 와야지.
옥색 치마저고리도 마음 편히 못 입으시던 어머니께
장미꽃을 머리카락에 저고리 고름에 꽂아드려야지.
사랑이란 구절만 있어도 그 노래 부르지 않던 어머니께
"어머니 사랑해요"라고 노래 불러드려야지.

행복의 근원은 불행의 근원과 같습니다. 가장 가까운 사람들에게 있습니다. 가까운 사람들을 위해 좀 더 참고 양보하고 배려하는 것이 어른의 사랑이고, 그 사람들이 기뻐하는 것을 보는 것이 어른의 기쁨이죠. 성탄절은 그 기본을 다시 한번 상기하게 해주는 날입니다.

아버지의 유머

비지스
〈I Started a Joke〉

가족이 모두 모이면 아버지의 '조크'가 시작됩니다. 아버지에게 유머는 진지한 공부 대상입니다. 은퇴한 분들과 함께 생활하면서 타인과 잘 지내는 방법을 열심히 연구하시죠. 평생 고지식하고 재미없는 사람으로 살아온 아버지가 유머를 '열공'하시는 이유죠. 인기를 얻는 법에 대한 아버지의 분석 결과입니다. 생색내지 않고 돈을 잘 쓰거나, 노래 같은 특기를 자랑하지 않고 요청받을 때 잘 공유하거나, 딱히 할 말이 없을 때 어색한 분위기를 풀어줄 유머가 있어야 한답니다.

아버지의 열렬한 팬은 어머니입니다. "요즘 우리 남편이 60

년 동안 같이 살아온 그 사람이 아닌 것 같다니까?" 하시죠. 아버지는 긍정적인 피드백을 받으면서 더 열심히 공부하고 발전하시겠죠. 발전의 가장 큰 동기는 소중한 사람의 인정과 칭찬이니까요. 저라면 제가 앞에 나서기보다 무대에 선 사람을 지지하는 심사위원이 되거나, 눈치 빠른 응원단이 되어 얕은 인기를 얻는 가장 쉬운 방법을 택할 것입니다. 하지만 그냥 생각만 합니다.

어느 날 아버지가 사회복무요원 근무를 시작한 손자에게 농담을 건넸습니다. "어떤 할머니의 남편이 돌아가셨어. 구청에 가서 사망신고를 하러 왔다고 했더니, 어리바리한 사회복무요원이 '본인이세요?' 하더란다!" 옆에 있던 가족 모두 약간 과장하여 박장대소하는데 아들은 구시렁거립니다. "에이, 그런 사람이 어디 있어요!" 실제로 사회복무요원이나 유명인이 그런 농담을 했다면 난리가 났겠죠.

유머는 오락입니다. 불편함과 어색함을 누그러뜨리고 분위기를 전환하거나, 불쾌감을 주지 않으면서 생각과 감정을 표현하는 방법입니다. 가장 성숙한 심리적 방어기제 중 하나죠. 심리적 방어기제는 부정적인 감정을 다스리고, 감정과 이성을 조화롭게 유지하는 조절 방법입니다. 억제, 이타주의, 승화, 유머가 성숙한 방어기제의 대표적인 예입니다.

유머는 정서적 안정감뿐만 아니라 신체적 건강도 향상시켜줍니다. 통증을 이겨내는 힘과 면역력 등 전반적인 건강 상태를 높이죠. 의사소통 능력, 자신감을 높여 삶의 만족감과 질을 향상시켜주죠. 또 새로운 집단의 구성원과 친해져야 하는 삶의 전환기에 큰 역할을 합니다. 아버지는 옳은 방향으로 가고 계신 것이죠.

유머가 늘 화기애애한 분위기를 불러오는 것은 아닙니다. 부정적인 유머는 〈I Started a Joke〉의 노랫말처럼 후회하게 만들죠. 긍정적인 유머는 상대의 장점을 부각하여 친화를 도모하고, 긴장감을 줄이고, 힘든 상황에서 웃기거나 엉뚱한 부분을 찾아내서 스트레스를 감소시킵니다. 자아 발전적인 유머죠. 반면 부정적인 유머는 상대의 약점을 부각하고, 자신을 바보로 만들어 웃음을 얻죠. 대표적으로 빈정거리는 유머, 슬랩스틱 코미디 같은 자멸적인 유머가 있습니다.

긍정적인 유머를 구사하려면 본래 융통성이 많거나 공부를 열심히 해야 합니다. 유머는 타이밍과 상황 판단이 가장 중요하니까요. 부정적인 유머라면 나를 바보로 만드는 쪽이 더 이롭습니다. 최소한 상대를 웃음거리로 삼지는 않는 거니까요.

버럭 화내지 않고 인내하고 밝은 면을 보려고 노력하는 유머, 이타적인 삶 속에서 나누는 유머, 쓸모없는 것을 필요한 것으로 '승화'시키는 태도에서 나오는 유머, 경직되지 않고 어쩔 수 없는 상황을 함께 웃어넘기는 유머. 유머가 있다면 인생은 수월하게 풀릴 겁니다. 긍정적인 유머를 가진 사람은 타인에게 기쁨을 주고, 모범이 되고, 존경을 받겠죠. 아버지, 존경합니다.

롱런하는 부부 생활을 위하여

윌리 넬슨
〈Always on My Mind〉

5월 21일은 부부의 날입니다. 부부의 날이 5월 21일인 이유는 '둘(2)이 하나(1) 된다'는 뜻이 담겨 있다고 하네요. 다행히 제 아내는 부부의 날에 관심이 없습니다. 건망증이 심한 저도 기념일이 적으면 적을수록 좋죠. 하지만 혹시 몰라서 고생한 아내에게 바치는 사랑과 사과의 노래 〈Always on My Mind〉를 제 해석대로 읊조려봅니다.

'사랑한다는 말을 자주 못 했지만, 마음처럼 잘해주지 못했지만, 외로울 때 위로가 되지 못했지만, 그래서 후회하고 있지만, 이것만은 알아줘. 당신은 내 안에 있다는 것을.'

〈Always on My Mind〉는 엘비스 프레슬리, 펫 숍 보이스 등 많은 가수가 불렀지만, 저는 윌리 삼촌 버전을 좋아합니다. 아내 앞에 선 한심한 남편의 불안과 청승에 공감하기 때문이죠.

부부 치료는 가장 어려운 정신치료 중 하나입니다. 의사가 서로에게 분노하고 있는 양쪽의 신뢰를 다 얻어야 하기 때문이죠. 먼저 힘이 더 세서 공격을 담당하는 쪽을 누그러뜨려야 하는데, 강자의 기분이 상하면 치료는 곧 종결되고 맙니다. 반면 강한 쪽의 의견을 너무 반영하면 약한 쪽이 치료에 협조하지 않으며 의사를 돌팔이로 만들죠.

성공적인 치료의 전제 조건은 서로 다른 대안이 없으니 함께 잘 살아보려고 노력할 수밖에 없다는 판단과 결심입니다. 그래야 억울하지만 내가 먼저 자발적으로 양보하고, 상대방과 더 현명한 사람들의 이야기에 귀를 열고 변화를 추구할 수 있죠.

행복한 부부가 되고 싶은 분들께 좋은 계명을 소개해드리겠습니다. 먼저 '부부의 날 위원회'가 70년 이상 단란한 부부 생활을 한 '세계 최장수 부부상'을 수상한 분과 인터뷰한 내용을 토대로 정리한 '부부 백년해로 헌장' 일부입니다.

첫째, 인내하며 다툼을 피하라.
성숙의 기본은 인내심이지만, 성숙하지 못하다면 최소한

무조건 참지만 말고 머리를 써야 하죠. 상대방이 기분 나쁘게 하면 먼저 내 잘못을 돌아보고, 두 번째 도발엔 상대가 실수했다고 믿어보고, 세 번째 도발에는 날 화나게 하려는 것이냐고 언어적 확인을 하는 것입니다. 세 번은 참아줄 수 있잖아요.

둘째, 칭찬에 인색하지 말라.

고래도 춤추게 한다는데 대단한 손해도 아니고 하면 더 좋은 것이 돌아오곤 하는데 아낄 필요가 있겠습니까? 인간은 다른 의도가 있다 해도 자신을 인정해주는 대상을 좋아합니다. 상대방을 사랑한다면 당연히 더 적극적으로 표현해야겠죠. 안타깝게도 사랑은 말과 행동으로만 드러나니까요.

셋째, 서로 기뻐할 일을 만들라.

싫어하는 것을 하지 않는 데 그치지 말고 별로라도 상대방이 기뻐할 상황을 만들어주는 것이 장기적으로 자신에게 득입니다. 이왕이면 함께 기뻐할 일을 하면 좋을 텐데 아직 없다면 지금부터라도 공유하거나 즐길 수 있는 활동과 취미를 만드는 것이 좋겠죠.

넷째, 서로 지나치게 의존하지 말라.

과도한 의존의 결과는 늘 상대방에 대한 실망과 비난입니다. 결혼은 중간 지점에서 서로에게 기대고 의지하는 상태여야 하죠. 아이처럼 보살핌만 받는 것이 아니라 어른처럼 책임져야 하죠. 배우자에게 걸었던 기대가 타당했는지, 나도 배우자의 기대를 충족시키려 노력했는지 돌아봐야 합니다.

부부의 날이 되면 SNS에서 자주 등장하는 '부부 생활 십계명'도 소개합니다. 매우 지키기 어려운 계명에 제 생각을 보태보았습니다.

하나, 두 사람이 동시에 화내지 마세요. (이건 거의 불가능하죠.)

둘, 집에 불이 났을 때 이외에는 고함을 지르지 마세요. (영어로 크게 말해도 영어를 모르는 사람은 알아듣지 못합니다.)

셋, 눈이 있어도 흠을 보지 말며 입이 있어도 실수를 말하지 마세요. (좋은 이야기도 다 못 하고 떠나야 할 세상이니까요.)

넷, 아내나 남편을 다른 사람과 비교하지 마세요. (그럼 무슨 말을 하라는 것입니까?)

다섯, 아픈 곳을 긁지 마세요. (가려운 곳은 잘 긁어주지도 않잖아요.)

여섯, 분을 품고 침상에 들지 마세요. (잘 안 될 것이니 그냥 정신과에 내원해주세요.)

일곱, 처음 사랑을 잊지 마세요. (이것이 1번이 되어야 합니다.)

여덟, 결코 단념하지 마세요. (이것은 논란의 여지가 있습니다. 노력해도 안 될 때는 환승할 필요도 있으니까요.)

아홉, 숨기지 마세요. (도움이 되지 않는 솔직함은 공격이 되곤 합니다.)

열, 서로의 잘못을 감싸주고 사랑으로 부족함을 채워주도록 노력하세요. (내가 받고 싶은 만큼의 절반만 해주시면 너무 억울하지 않을 수 있습니다.)

김광석의 〈어느 60대 노부부 이야기〉를 듣고 있으면, 부부란 결국 미지막에 웃으며 배웅을 해주는 관계라는 생각도 듭니다. 반평생을 함께해온 사람에게 고맙다는 말을 듣는 것만큼 멋진 일이 또 있을까요. 길은 멀고 그 길을 함께 가줄 사람은 귀합니다. 귀한 사람을 잘 지켜야 합니다.

여보, 다시 잘 살아보자

그로버 워싱턴 주니어
⟨Just the Two of Us⟩

전주가 시작됩니다. 물을 잔뜩 먹은 듯한 건반이 높고 몽글 몽글한 음으로 지붕에 내려앉는 빗소리를 묘사합니다. 빗소 리에 마음이 젖어들 때쯤 베이스가 두툼한 초킹으로 '두우 둥!' 하면서 차양에 고였던 물을 아래로 뚝뚝 떨어뜨립니다. 베이스의 여운은 떨어진 물방울이 원을 그리며 퍼져가는 모습이죠.

⟨Just the Two of Us⟩를 들으며 생각합니다. '혼자서 할 수 없는 일을 함께하면 할 수 있구나. 기회가 왔을 때 최선 을 다해 잡아야겠구나.'

주말인데 비가 내립니다. 아이들은 항상 바쁘고 아내와 저는 집에 있습니다. 냉장고를 뒤져 남은 것들을 꺼내 별말 없이 별로 맛이 없는 식사를 마치고 나란히 앉아 TV를 켭니다. 아내는 미뤄두었던 드라마를 봅니다. 재미있나봅니다. 저는 옆에서 멀뚱거리다 말하죠. "과일 깎아줄까?" 아내가 깜짝 놀란 얼굴로 저를 쳐다봅니다. 그게 그렇게 놀랄 만한 일인가요.

한때는 미친 듯이 사랑했죠. 이제는 단둘이 있는 것 자체가 어색합니다. 시로(인지 자신은 없지만) 할 말도 별로 없고요. 함께 할 수 있는 것도, 하고 싶은 것도 딱히 없죠. 어떡하다 이렇게 된 것일까요. 아마도 제가 갈등을 회피하는 사람이라서 불편한 감정을 유발하는 대화는 피해왔던 탓인 듯합니다. 저에 대한 희망을 버리지 못하고 제 뒤꽁무니를 따라오며 소통과 공유를 요구하던 아내도 지쳤을 테죠.

소통이 줄어들면 공유하는 것도 친밀감도 당연히 줄어듭니다. 친밀감이 줄어들면 상대방이 나를 존중하거나 위하지 않는다고 여기게 될 뿐만 아니라 의심하고 분노하게 됩니다. 서로에게 진정으로 원하는 것은 존중하는 태도, 필요한 존재라고 확인할 수 있는 신호, 서로에게 헌신하는 모습인데 그런 것들이 보이지 않으니까요.

부정적인 감정은 부정적인 대화를 유발합니다. 먼저 서로를 비난하며 싸우게 되죠. 내 고통의 원인을 상대에게서 찾으려 합니다. 비난은 두 사람 중에서 힘이 있는 쪽이 더 잘하죠. 힘에서 밀리는 쪽은 살아남기 위해 갈등을 회피하기 시작합니다. 비난하는 쪽도 비난을 계속하면 상대방이 멀리 도망갈 것 같아서 자제하려고 노력하지만 두 사람 모두 상대방의 상태에 안테나를 곤두세우게 됩니다. 보이지도 들리지도 않는 싸움이 계속되고 서로가 서로에게 지치게 되죠. 집에 들어가기 싫고 배우자가 집에 늦게 들어오기를 바라는 마음이 그 징후죠.

부부 치료에서는 갈등의 근본적인 문제 해결뿐만 아니라 부부의 친밀감을 높이는 끈끈한 결합이 중요합니다. 서로 다른 두 사람이 결합하기 위해서는 다가가야 합니다. 현실적인 문제와 한계에도 함께하는 것이 중요하다고 확신할 때 다가갈 수 있죠. 서로 편안하게 접근하고 적절하게 반응할 수 있을 때 비로소 친밀감은 회복되기 시작합니다.

　나보다 상대방의 행복에 초점을 두는 태도로 반응할 수 있어야 친밀감이 높아집니다. 보살핌을 받는 아이의 태도가 아니라 요구받은 도움을 주고, 관심을 가지고 경청하고, 더 좋아지기 위해 합의하여 협력하고, 나도 실수를 하기에 상대방의 실수도 용서하고, 상대방을 잘 이해하여 요구하기 전에 먼저 배려하는 어른스러운 태도가 상대방의 행복에 초점을 두는 태도입니다. 저에겐 늘 부족한 부분이죠. 비가 내릴 때는 〈Just the Two of Us〉를 듣고 아내에게 어른스럽고 따스한 태도를 보여줘야 하겠습니다.

우정의 조건

어스 윈드 앤드 파이어
〈September〉

〈September〉의 전주는 전자기타 한 줄과 세 손가락 건반 코드로 시작됩니다. 한 겹씩 화음이 쌓이다가 갑작스레 '꽈광' 하고 관악기 세션이 들어와 음계는 끝없는 우주로 팽창합니다. 단 여덟 마디 만에 일어나는 기적이죠. 모리스 화이트가 요란한 옷을 입고 엉덩이를 실룩거리다가 짝다리를 짚고 침을 뱉듯 "Do you remember(기억하나요)"라고 묻습니다. 역사에 길이 남을 노래의 첫 구절이죠. 고교 시절 AFKN(현 AFN, 주한미군방송)에서 〈September〉를 처음 들었습니다. 미국의 뮤직 댄스 프로그램인 '소울 트레인Soul Train'에서 〈September〉의 흑백 영상을 봤는데, 그때의 전율을 잊을 수 없습니다. 그저 그런 디스코가 아니라 환상적인 예술이었으니까요.

〈September〉는 9월에 거리에서 자주 들리죠. 9월 21일의 주제가라고 말해도 과언이 아닙니다. 사랑과 영혼의 울림에 따라 노래를 부르던 "Do you remember, the 21st night of September?(기억하나요, 9월 21일 밤 말이에요)"라는 노랫말 때문이죠. 사실 저는 이 곡의 노랫말을 그다지 좋아하지는 않습니다. "Ba de ya" 어쩌고저쩌고하는 후렴은 아무런 뜻이 없고 리듬을 타기 위해 만들어진 흥얼거림이기 때문이죠. 그럼에도 이 곡이 명곡 가운데 명곡인 이유는 매력적이고 정확하게 부점°을 살리는 탁월한 연주에 있습니다. 그리고 필립 베일리의 천사 같은 고음과 리듬을 잘 타는 가성이 빛을 발했죠.

  〈September〉는 수채화 같은 서정적 노래가 아니라 분명한 의도와 계획을 갖고 만들어진 '스튜디오 노래'°° 이며 여러 조각을 모아 짜깁기한 곡이죠. 노래를 만드는 데 한 달이 걸렸다고 합니다. 따로 있던 존재들이 서로에게 잘 어울리

°   附點, 음표나 쉼표의 오른쪽에 찍힌 점. 원래 길이에서 반만큼의 길이를 더한다는 표시.
°°   녹음실에서 만들어진 음반.

는 짝을 찾는 과정은 쉽지 않습니다. 뜻이 없는 "Ba de ya"를 의미가 있는 가사로 대체하려고 했지만, 리듬을 살릴 수 있는 가사를 찾을 수 없었답니다. "the 21st"도 리듬에 가장 잘 맞아서 붙였다는군요.

제 아이들은 영화 〈언터처블Untouchable〉에서 〈September〉를 알게 됐습니다. 기억나는 부분을 물어보니 "Ba de ya" "어쩌고저쩌고~"라고 하더군요. 안타깝게도 인간에게는 논리와 사고보다 감각과 감정이 우선입니다.

상위 1퍼센트 백만장자와 하위 1퍼센트 무일푼 백수가 만나 우정을 나누는 영화 〈언터처블〉에서처럼 진정한 우정도 결국 감각과 감정에서 비롯됩니다. '서로 비슷하다' '서로에게 도움이 된다' '있는 그대로를 인정받는다'는 느낌이 동등한 관계라는 믿음을 주고, 함께 나누는 긍정적인 경험들이 마음의 방어벽을 허물죠. 아리스토텔레스는 "좋은 친구를 얻으려면 먼저 나 자신이 선한 사람이 돼야 한다"고 했습니다. 좋은 친구를 얻으려면 상대방의 자질도 평가해야 하지만 나도 친구로서 지녀야 할 자질을 갖춰야 하죠. 우정과 사랑은 서로 주고받는 것이니까요.

나 자신부터 좋은 친구의 조건을 가졌는지 확인해봅시다. 상대의 신뢰를 얻을 수 있는 능력, 정직함과 성실함, 책임감과 자신감, 보편적 인간에 대한 신뢰와 상대를 이해하고 도우려는 연민, 감정 표현의 자유로움, 편견과 고정관념을 떨치려는 노력, 온정을 실천하는 용기, 유머와 웃음. 이 여덟 가지 조건을 모두 갖추는 건 쉽지 않습니다.

인간의 행복은 결국 감정의 경험으로 얻어지고, 그 경험의 대부분은 관계에서 옵니다. 부부의 사랑도 긴 시간을 거치며 우정과 닮아가죠. 인생이 여름에서 가을로 넘어갈수록 친구가 필요하지만, 친구 찾기는 더 힘들어집니다. 친구는 나의 작품이죠. 내가 어떻게 하느냐에 따라 좋은 친구를 만날 수도 있고 그렇지 않을 수도 있습니다. 때론 친구로 인해 세상이 아름답게 보이고 살 만해집니다. 절친한 친구를 지켜주지 못한 저는 이 말을 할 자격이 없지만….

다음 세대를 위한 좋은 어른이 되자

조용필
〈고추잠자리〉

어릴 적엔 잠자리채 하나만 있으면 온종일 뛰어다녀도 지치지 않았습니다. 할머니께서 낡은 삼베옷이나 찢어진 모기장을 주시면, 형이 어디선가 철사와 망가진 비닐우산을 주워 잠자리채를 만들었습니다. 형은 늘 자기 것은 크게 만들고, 제 것은 작게 만들어주었죠. 잠자리채를 들고 뛰면 하늘 위에서 곡예하는 비행기가 된 듯 신이 났습니다.

　조용필 씨도 저와 비슷한 어린 시절을 보냈던 것 같습니다. 다만 그는 즐거웠던 추억만을 회상하는 데 머물지 않습니다. 어릴 적 풀밭에 누워 혼란스럽게 나는 '고추잠자리'를 본 기억을 떠올립니다. 그리고 '고추잠자리'처럼 똑같은 하루를 반복하고 갈 길을 잃은 자신의 모습을 보며 인생의 방향을 생각하죠. 스스로 답을 찾지 못해서 누군가가 답을 주기를 바라는 마음도 있던 것 같습니다.

시국은 하 수상해도 지구는 돌고 갈 것은 가고 올 것은 오고 있습니다. 시원한 바람이 불고, 코스모스들이 나풀거리고, '고추잠자리'는 떼 지어 맴돌고, 저 멀리에 있는 숲은 수줍게 물들어갑니다. 이런 계절엔 용필이 오빠의 〈고추잠자리〉를 한번 들어줘야 합니다. 지금 우리는 어디로 가고 있는 걸까요? 감정 과잉과 진영 놀이로 처절하게 분열된 우리나라는 어디로 가야 할까요? 해답을 주고 이견을 조율해줄 수 있는 너그럽고 현명한 어른은 어디에 계시는 걸까요?

어른, 스승, 멘토는 인간에게 꼭 필요한 존재입니다. 정서적 안정과 발전의 가장 큰 동력은 자기 심리학에서 말하는 '거울 전이' 혹은 '인정 전이', 애착 이론에서 말하는 '안정적 애착' 상태이니까요. 인간은 사랑하고 존경하는 어른에게 인정받고 사랑받기 위해 그 어른이 옳다는 언행을 하고 그 어른을 닮아가며 정서적으로 성숙해집니다.

진정한 어른이 되려면 성숙한 성격을 가져야 합니다. 그러려면 자신의 욕망을 억제해야 하고 부당한 권력에 대항할 용기도 있어야 하고 평화로운 공존을 위한 유머와 융통성도 있어야 합니다. 훈계하기보다 들어주고 질문에 성실하게 답해줄 때 존경심이 쌓입니다. 현명한 사람은 미성숙한 사람에게 너그럽고 이타적이죠.

콜버그의 윤리 발달 단계로 해석하면 진정한 어른은 '처벌을 피하고 칭찬받으려고 옳은 일을 하는 전 인습적 단계의 아이들'을 잘 훈육해주는 사람입니다. '권위에 종속되지 않고 독립적 가치를 지키기 위해 평등과 다수결의 사회적 질서를 유지하려는 인습적 단계의 청년들'에게 소외된 소수의 자유와 권리를 존중하고 지켜주는 모습을 보여주는 사람입니다. 보편적·일관적·논리적인 윤리로 갈등을 해소하는 합의 원칙과 공정한 절차를 수호하는 후 인습적인(전통 이상의 윤리) 넓은 안목을 제시해주는 사람이 진정한 어른이지요.

슬프게도 우리는 '어른 부재'의 세상을 살아가고 있습니다. 그 잘못은 권위적인 어른들과 그런 어른들을 몰아내기에 급급했던 우리 모두에게 있습니다. 나이 든 한 세대가 물러나야 안개가 걷히고 우리가 나아가야 할 길이 보일까요? 언제 우리는 '고추잠자리'처럼 똑같은 궤도를 맴도는 걸 멈출 수 있을까요? 우리가 권위적인 어른들을 몰아냈다면 어쩔 수 없이 우리가 이제라도 다음 세대를 위한 좋은 어른이 되어야 하지 않을까요? 그저 그런 어른이 아닌 좋은 어른 말입니다.

추위를 녹이는 손

이하이
〈손잡아 줘요〉

추운 날에는 따스한 손이 꼭 필요합니다. 오랜만에 아내와 함께 점심을 먹으러 거리로 나섰는데 찬바람에 어깨가 저절로 움츠러들었습니다. 아내도 추운지 제 곁에 꼭 붙었습니다. 아내의 손을 잡아 제 주머니 안에 넣었습니다. 아내의 손은 겨울이면 늘 차갑죠. 아내가 "당신 손은 늘 따뜻해, 아직도 청춘인가봐"라고 합니다. 저는 "아직도 철이 안 들어서 그래"라고 대답하지만 기분이 급상승합니다. 아내와 마주 앉아 뜨끈한 순댓국을 후루룩 나눠 먹습니다. 맛있게 먹는 아내를 바라보니 손도 입도 배도 마음도 따뜻해집니다. 문득 '내가 어느새 꽤 잘 살고 있는 어른이 되었구나!' 하는 생각이 듭니다.

50세 이후의 삶은 내리막길이 아니라 바깥으로 뻗어 나가는 길입니다. 나이를 잘못 먹은 사람은 외곬의 꼰대가 되지만 성숙한 어른은 나이가 들수록 친사회적이고 이타적인 인간이 됩니다. 고립되지 않고 사회적 지평을 확장해가죠. 인간은 '내가 어떤 사람이며 어떻게 살아야 하겠다!' 하고 자신을 이해하는 정체성을 얻어야 비로소 성인이 됩니다. 하지만 인간의 발달은 거기에서 끝나지 않죠. 더 성숙한 어른이 되어가는 발달 과정이 기다리고 있으니까요.

제가 여러 번 강조하는 말인데요. 나를 둘러싼 사람들과 잘 지내고, 직업적 안정을 얻어야 합니다. 여기까지도 힘들지만 그다음이 더 중요합니다. 가족, 공동체, 사회에서 다음 세대를 배려하고 헌신적으로 그들을 가르치고 키우는 '생산성'의 능력을 얻어야 합니다. 그래서 우리가 함께 사는 세상을 좀 더 좋게 만들어야 하죠.

생산성의 능력은 공동체 안에서 자신보다 어린 사람들에게 발휘해야 합니다. 자신보다 다음 세대를 더 위하고 보살피는 것이죠. 자녀들의 자율성을 존중해주려고 노력하는 것처럼 다른 젊은이들도 존중하고 공감해줘야 합니다. 그리고 그들과 긍정적인 상호 관계를 형성할 수 있을 때 생산성의 능력을 발휘할 수 있죠. 자기애와 야망이 아니라 생산성의 능력이 존경받는 진정한 리더를 만듭니다. 그러려면 최소한 막말은 절대로 하지 않고 반말도 하지 않는 어른이 되어야 겠죠.

늘 '수신제가치국修身齊家治國'입니다. 저는 '수신'이 너무 어려워서 '제가'부터 생각합니다. 먼저 부모님과 배우자와 친하게 살아야 하죠. 도저히 그럴 수 없다면 최대한 평화롭 게 공존해야 자녀들에게 좋은 본보기가 될 수 있습니다. 생 산성은 집에서 숙련된 뒤에 집 밖으로 나오는 능력입니다. 추울 때 아내의 손을 잡아줄 수 있어야 밖에서 다른 사람의 손을 잡아줄 수 있죠. 제 자랑입니다.

연구 결과에 의하면 생산성의 능력을 잘 성취한 사람이 그러지 못한 사람보다 70대에 이르러 즐거운 삶을 살 가능 성이 세 배는 더 높답니다. 그리고 행복한(최소한 불행하지 않 은) 결혼 생활을 해온 사람들이 75세가 되었을 때 불행한 결 혼 생활을 해온 사람보다 건강할 가능성이 여섯 배나 높답 니다.

요즘 우리나라 젊은이들의 손이 너무 차갑습니다. 아마 우 리의 자녀들도 그럴 것입니다. 이하이가 부른 〈손잡아 줘 요〉를 들어봅니다. 옆구리가 시리고 공허할 때 찬바람까지 불면 더 춥습니다. 따뜻한 손을 내밀어 '생산성'을 발휘해야 할 때입니다. 사람을 살릴 수 있는 건 결국 사람의 온기니까요. 슬며시 기댈 어깨를 빌려주기만 해도 어떤 사람은 위로 받으니까요.

더불어 사는 기술

비치 보이스
〈Sloop John B〉

〈Sloop John B〉는 카리브해의 섬나라 바하마의 민요를 편곡한 노래입니다. 주인공이 긴 여행을 마치고 '슬루프 존 비'라는 배를 타고 고향 바하마로 돌아가는 중 선원들이 반란을 일으키죠. 약탈을 당하고 엉망진창이 된 주인공은 '이 여행이 내 생애에서 최악의 여행'이며 집에 돌아가고 싶다고 하소연합니다.

영화 〈포레스트 검프Forrest Gump〉에서 검프가 베트남전에 참전했을 때 〈Sloop John B〉가 나옵니다. '역시 여긴 최악이야, 빨리 집으로 돌아가고 싶어'라는 속마음을 노래가 대신 흘려주죠. 하지만 최악의 여행이 검프에게 새로운 관계와 기회를 열어줍니다. 어찌 되었든 〈Sloop John B〉에서도

'비치 보이스'의 화음은 여전히 여름처럼 쨍쨍하고 12줄의 기타 소리는 시원합니다.

가족여행을 준비할 때면 지난번 여행이 떠오르며 걱정이 앞서곤 합니다. 가족끼리 화목하게 지내려고 떠나서 만신창이가 되어 돌아오는 경우가 꽤 많으니까요. 조금만 인내하고 양보하면 즐거운 휴가가 될 텐데 그게 쉽지 않습니다.

함께하는 여행을 탈 없이 다녀오려면, 덤으로 즐거운 추억까지 쌓으려면 함께 계획을 짜야 합니다. 최소한 각자의 의견을 반영해야 하죠. 중심에 선 리더가 중재를 잘 해야 합니다. 나에게 좋은 것이 타인에게 별로일 수 있고, 여행을 원하지 않은 사람에게 모든 것이 귀찮을 수 있죠. 특히 청소년들을 만족시키기란 거의 불가능합니다. 부모와 여행을 가는 것만으로도 고마워해야 하죠.

우리 집도 아들이 좋아하면 딸이 싫어하고 아내가 좋아하면 아이들이 싫어하고 저만 좋아하는 경우가 많습니다. 저에게 그 지역의 맛집이 긴 줄인 것처럼 아이들에게 역사적 명소는 오래된 장소일 뿐이죠. 서로 불편함을 드러내지 않으려고 노력하지만 사람의 눈은 거짓말을 잘 못합니다. 눈은 이성의 힘으로 조절하기 힘든 몇 개의 기관 중 하나이며 '조절력의 상실'을 가장 잘 드러내는 기관이죠. 이럴 때 긴장감을 완화해줄 이타심과 유머가 필요합니다. 좀 더 현명한 사람이 그 역할을 해야죠. 우리 집은 제 아내가 담당합니다.

함께 여행을 잘하고 잘 살아가려면 '함께 살아가는 기술'을 익혀야 합니다. 그 기술엔 지름길이 없습니다. 먼저 인정하고 칭찬하며 언어적인 소통을 해야 합니다. 하얀 거짓말도 필요하죠. 계획한 사람이 '좋지?'라고 물어보기 전에 좋다고 해주면 좋지만, 싫다고 하지 않으면 좋아한다고 믿는 긍정적인 자세도 필요합니다. 비언어적인 소통도 필요하죠. 서로에게 진심으로 관심을 가지고 집중하며 배려심과 따뜻함을 전해야 합니다. 기대하지 않은 기회와 기쁨들이 들어올 수 있도록 열린 마음도 가져야 하고요. 늘 말보다 행동이 더 중요하다는 사실을 잊지 말아야겠습니다.

자유의 법칙

루이 암스트롱
〈What a Wonderful World〉

루이 암스트롱은 과장되고 익살스러운 언행으로 진지한 음
악인들에게 무시를 당했습니다. 예순이 넘으며 진중한 노래
를 하기 시작했고, 타계하기 4년 전인 1967년 불후의 명작
인 〈What a Wonderful World〉를 발표하며 존경받는 음
악인이 되었습니다. 재즈에 문외한이라도 이 노래를 모르는
사람은 없습니다. 암스트롱은 '서로를 위하고 사랑하고 아
이들이 자라서 더 좋은 세상을 만들어가는 이 세상이 정말
멋지고 아름답지 않냐'고 노래했죠. 때론 그렇지만 그렇지
않을 때도 많습니다.

아들이 사고를 당해 수술을 받았습니다. 고난도 수술은 아

니지만 고통스러워하는 모습이 안타까워서 제가 대신 아프고 싶었습니다. 아들을 생각하는 마음의 반의반도 안 되는 정성과 진심으로 환자를 대한다는 생각에 자책도 했죠. 인간은 어떤 상황에서든 자신을 뒤돌아보고, 잘하는 것을 발전시키고, 못하는 것을 변화시키는 능력이 있습니다. 다만 그 능력을 잘 활용하지 못할 뿐이죠.

6인용 병실에서 간병하다 보니 고통받는 사람들과 함께 지내는 게 쉽지 않음을 새삼 깨달았습니다. 빛, 소리, 온도를 모두에게 적정한 수준으로 조율하기란 불가능하더군요. 특히 온도가 가장 문제였습니다. 수십 년을 함께 지낸 우리 부부도 아직 실내 온도에 대해 합의를 하지 못했는데 난생처음 만난 타인은 어땠겠습니까. 결국은 더 병약하고 연로한 환자의 의견을 따르기로 했습니다.

병실에 목소리가 크고 흥분을 잘 하는 가족이 있었습니다. 하루 만에 그 집안의 대소사를 조목조목 알게 되었습니다. 속상한 일이 많은 집안이더군요. 타인을 배려하지 않는 자기중심적인 사람은 어디에든 있습니다. 어려움을 겪을 땐 자기중심성이 더 강화되고, 이타적이던 사람도 이기적으로 변하죠.

자기중심성이 강한 사람은 자기애적 혹은 반사회적인 성격이 있습니다. 이들은 자기중심적인 세상에 타인을 끌어들여 이용하고 피해를 주죠. 자기애적인 사람은 부족한 자신의 가치를 높이기 위해 노력하고, 반사회적인 사람은 자신의 이득과 쾌락을 위해 열중합니다. 하지만 전철에서 내리기 전에 먼저 타거나, 길 한가운데 서서 비켜주지 않거나, 공공장소에서 통화를 크게 하는 사람이 다 성격에 문제가 있는 건 아닙니다. 잠시 감정이 격해진 상태이거나, 기질적으로 집중력이 부족하거나, 예의범절이 몸에 배지 않은 탓도 있죠.

자기중심성 대신 친사회적 능력을 갖추려면 타인에 대한 긍정적 관심과 집중력이 필요합니다. 집중력은 한 가지에 몰입하는 '선택적 집중력'과 길을 갈 때 주변을 살피면서도 목적지를 잊지 않는, 즉 하나의 일을 하면서 다른 일도 하는 '교대 집중력'으로 나뉩니다.

감정이 격해지거나 역경에 처하면, 한 가지에 지나치게 집중하여 전체를 파악하는 교대 집중력이 저하됩니다. 자신의 문제에 집중하다 보니 큰 그림을 보지 못하죠. 그렇게 되면 이타적이고 선한 마음이 있어도 교대 집중력이 부족해서 자기중심적이고 사회성이 부족한 꼰대나 반항아로 오해받곤 합니다. 저도 예외가 아닙니다.

병실에 있는 환자들이 쾌적하다고 느끼는 온도는 다 달랐습니다. 아들은 더위를 탔고 연로한 분들은 추위에 민감했죠. 저는 더위를 타는 아들을 위해 에어컨 온도를 낮추자는 말을 꾹 참았습니다. 성향과 취향이 다른 사람들이 공존하려면 잠시 멈추고 주변을 돌아보며 심호흡을 해야 합니다. 내가 타인을 배려하진 못해도 존중하는지 생각해보고, 충돌할 필요가 없는 일은 융통성 있게 피해 가야죠. 자유의 법칙은 남의 자유를 방해하지 않는 범위 내에서 내 자유를 확장하는 것입니다. 공동생활에서 배려하는 마음을 잘 이어갈 때 세상은 좀 더 사려 깊고 멋진 곳이 되겠죠?

보고 듣고 말하기

김광석
〈잊혀지는 것〉

나이가 들면서 부음을 자주 접합니다. 최근 몇 년간 유명인들이 스스로 목숨을 끊었습니다. 표면적인 원인은 큰 성취를 하지 못했거나 높은 가치관에 부합하지 못한 자신을 보며 좌절하기 때문입니다. 하지만 대부분은 이해받지 못한 고독, 공감받지 못한 고립감, 오해와 강요를 받으며 억울한 일을 당한 분노가 더 큰 원인이죠. 물론 자살의 원인을 몇 가지로 규정할 수는 없습니다. 저마다 사정이 있고 죽은 자는 말이 없으니까요. 자살은 극한의 부정적인 감정에 사로잡혀 문제를 해결할 수 없다고 굳게 믿거나 극도로 흥분한 상태에서 일어납니다. 한 걸음 뒤로 물러나 보면 다른 해결책이 있고 도움을 주는 손이 있는데 안타깝습니다.

2018년 불의의 사건으로 진료실에서 타계한 고 임세원 교수는 자살 예방을 위해 헌신한 분입니다. 그분의 자살 예방 프로그램의 핵심은 함께 '보고 듣고 말하기'였습니다. 자살을 암시하는 언행과 상황적 신호들을 보고 자살과 죽음과 삶의 이유를 묻고 들은 후 현실적으로 도움이 되는 대화를 가르치는 교육 시스템이죠.

보고 듣고 말하기는 정신치료의 도구인 긍정적 전이의 발전 단계를 따릅니다. 상대를 알려면 먼저 잘 보고 들어야 하죠. 보고 듣기를 잘하면 상대는 치료자를 좋은 사람, 자신을 이해하는 사람이라고 믿는 '합일감' 혹은 '거울 전이'를 갖게 됩니다. 좋은 관계가 계속되면 치료자가 마음도 좋고 현명하기까지 한 사람이라고 믿는 '이상화 전이'가 싹틉니다. 이상화 전이가 있어야 상대는 치료자의 말을 듣죠. 다른 사람이 아무리 말해도 듣지 않았던 상식적인 이야기를 말입니다. 그다음 치료자에게 인정받거나 치료자처럼 되기 위해 노력하는 '인정 전이' 단계에 진입하면서 비로소 자신을 발전시키는 행동을 하게 되죠.

소중한 사람이 잘못된 선택을 하는 것을 막으려면 곁에 있어줘야 합니다. 꺼지라고 해도 묵묵히 적당한 거리를 지키며 그가 보내는 신호들을 세심하게 살펴야 하죠. 그다음엔 지지하는 태도를 유지하며 자신의 속마음을 말할 수 있도록 도와줘야 합니다. 먼저 들어줘야 하죠. 상대방의 속마음을 들으려면 신뢰와 기다림이 필요합니다. 충분히 듣고 난 다음에 논리보다는 감정에 공감하며 이야기를 시작해야 합니다. 감정이 풀리면 꼬인 논리는 저절로 풀리니까요. 하지만 우리는 늘 논리를 앞세워 말합니다. 감정보다 논리로 설득하는 것이 쉽다고 생각하니까요.

〈잊혀지는 것〉은 사랑과 인생을 완전히 이해한다고 착각한 스물네 살 때 만든 노래입니다. 광석이가 불러줬고 요즘도 가끔 듣는 곡입니다. 〈잊혀지는 것〉을 들으면 제 어린 시절의 객기에 직면해 너무 창피합니다. 그뿐만 아니라 소중한 사람과 세대로 보고 듣고 말하지 못했다는 죄책감이 밀려와 괴롭습니다.

　인간은 누구나 죽고 잊힙니다. 그런데 나를 소중하게 대해준 극소수 사람들의 기억 속에서는 오래 살게 되죠. 조금 더 인내하며 관심과 애정을 보이면 자살을 예방할 수 있습니다. 자살하는 사람은 의식적, 무의식적으로 자신을 이해하고 위로하고 사랑해주는 사람을 원하고 있으니까요. 우리는 서로의 치료자가 되어야 합니다. 서로를 잘 알고 기억하기 위해 깊이 보고 듣고 말해야겠습니다.

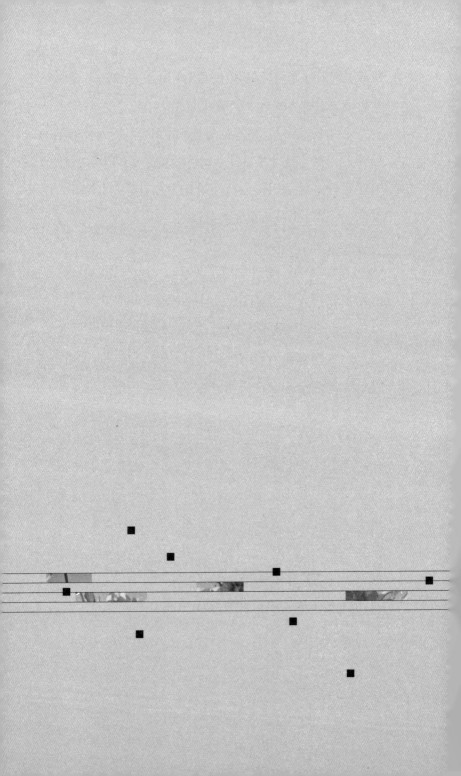

PART 4

마음을
다독이는 시간

조바심이 너를 미치게 만들지 마.
웃을 수 있고 사랑할 수 있을 때 사랑해야 해.

말로 표현하세요

김광석
〈기다려줘〉

〈기다려줘〉는 김광석이 '동물원' 2집을 끝으로 떠나 독집을 낼 때 제가 만들어준 노래입니다. '너를 위로하고 싶은데 네가 힘든 이유를 몰라서 도움이 되지 못해 안타깝지만, 나는 너를 사랑하기에 반드시 너의 마음을 헤아리는 법을 찾겠다'는 내용입니다. 말은 쉽지만 위로하는 일은 매우 어렵죠. 광석이도 마음을 말해주지 않고 떠나갔습니다. 아내와 아이들의 마음을 알려고 애써도 늘 아리송하기만 합니다. 나도 내 마음을 모를 때가 많죠. 그래서 가장 사랑하는 사람들이 서로 의도치 않게 마음의 상처를 주곤 합니다.

마음의 상처는 외부에서만 받지 않습니다. 내가 나에게 상처를 주거나, 상처를 끌어들이는 경우가 꽤 되죠. 상대방이 나에게 상처를 줄 수밖에 없도록 만드는 교묘한 함정을 파기도 합니다. 어린 시절에 사랑과 이해를 제대로 받지 못하고 자라면 환상을 품게 되죠. 그 환상은 나를 완벽하게 사랑하고 이해하는 사람이 어딘가에 있다는 것입니다. 그래서 상대방에게 과도한 기대를 품고 작은 불만족에도 극단적인 실망과 분노를 하는 것이죠.

상처를 받기 위해 파는 가장 흔한 함정은 초코파이 광고 CM송처럼 '당신이 나를 사랑한다면 말하지 않아도 내가 무엇을 원하는지 당연히 알아야 한다'는 것이죠. 원하는 반응이 나오지 않을 때는 '당신이 내 마음을 몰라서가 아니라 나를 사랑하지 않아서 일부러 내가 원하는 것을 하지 않는다'라고 확신하며 화를 냅니다. 상대방은 미치고 팔짝 뛸 일이죠.

어린아이들이 무엇을 원하는지 예측하는 건 비교적 쉽습니다. 레퍼토리가 그리 많지 않으니까요. 그러나 어른들의 레퍼토리는 무척 많고 복잡해서, 원하는 바가 무엇인지 예상하기란 쉽지 않습니다. 그런데 어른이 아이같이 굴면서 말하지 않아도 엄마처럼 자기 표정만 보고 마음이 어떤지 척척 알아맞혀달라고 하면, 상대방은 정말 난감합니다. 그런 기대와 요구는 상대방을 지치게 만듭니다. 언제 터질지 모르는 시한폭탄과 함께 사는 것 같은 공포를 유발합니다. 반복적으로 비난을 받으면 분노하게 되고 끝내 전쟁 혹은 결별로 이어지죠.

더 고약한 함정은 '이중속박'입니다. '이중속박'이란 반대되거나 모순되는 요구, 절대 만족시킬 수 없는 요구를 하는 것이죠. 그러고 나서 상대방의 불만족스러운 반응에 상처를 받는 것입니다. 이를테면 남편이 아내가 차려준 밥을 먹으며 국이 참 맛있다고 하면, 아내는 생선이 맛이 없냐며 실망을 합니다. 남편이 생선도 맛있다고 하면, 아내는 구걸해서 칭찬받기 싫다며 마음의 상처를 받았다고 합니다. 상대에게 진정성 있는 사과를 하라고 요구하고, 상대가 사과하면 이게 사과로 해결될 문제냐며 마음의 상처를 받는 것, 이것이 '이중속박'입니다. 어떤 말을 해도 비난을 하고, 이런 태도가 반복되면 상대방도 화를 내게 되죠. 자신은 더 깊은 마음의 상처를 받고요.

'이중속박'의 원인은 상대방이 나를 좋아하지 않을 거라는 지레짐작, 내 가치와 노력을 정당하게 인정해주지 않을 거라는 오해입니다. 항상 마음의 상처를 받을 준비가 된 것이죠. 이런 예상과 태도는 상대방을 비난하게 만들고, 그 결과 두 사람은 끊임없이 상처를 주고받으며 서로를 탓하게 됩니다.

나의 상처들이 내가 파놓은 함정의 결과물이 아닌지 확인해야 합니다. 그렇다면 빨리 함정을 메우고 마음을 언어로 표현해서 내 마음으로 이르는 길을 넓고 안전하게 만들어야 하죠. 내가 늘 함정에 빠져 가해자의 누명을 쓰고 있다면, 언어로 정확하게 표현해달라고 정당하게 요구해야 합니다. 마음을 언어로 정확하게 표현하면 상처를 줄일 수 있습니다. 상처의 악순환을 끊기 위해서는 고통이 필요할 수도 있습니다. 그러나 그 고통이 악순환을 끊고 서로의 마음에 더 다가갈 수 있게 합니다.

외롭다는 말

비틀스
⟨Eleanor Rigby⟩

디즈니 만화 속 미키마우스의 애완견인 '플루토Pluto'를 기억하시나요? 플루토가 고민할 때 머리 위 한쪽에서 천사가 나오고 반대쪽에서 악마가 나와 플루토를 설득합니다. 천사는 "할 수 있어. 너는 좋은 아이야!"라고 속삭이고, 악마는 "포기해! 너는 못 해. 너는 나쁜 아이야!"라고 겁박합니다. 부모, 자녀 관계에서 보면, 당연히 부모가 악마의 역할을 할수록 자녀의 자아상은 부정적으로 만들어지고, 그 아이는 자라서 외로운 어른이 됩니다.

외로움은 부정적인 자아상에서 비롯합니다. 자아상은 유전적인 기질, 성장하며 얻은 경험을 통해 형성됩니다. 특히 유년기의 경험이 결정적이죠. 유년기를 지배하는 사람은 주로 부모나 1차 양육자입니다. 아이들은 부모의 평가와 언행이 머릿속으로 들어와서 '내가 이러저러한 사람이구나'라고 믿게 됩니다.

자신이 사랑받고 인정받을 자격이 없다고 믿는 사람은 자신의 못난 모습을 들키지 않으려고 전전긍긍하며 자신의 실체를 숨깁니다. 그로 인해 나의 진심을 타인과 나누지 못하고 외로워집니다. 내가 잘못 살고 있다고 믿고 고독한 삶에서 벗어날 수 없다고 판단하기에 우울감이 사라지지 않습니다. 학습된 무력감이죠. 타인과 감정을 공유하고 싶은 마음은 인간의 본능입니다. 감정 공유는 긍정적인 감정을 유발하는 강력한 요소이고요. 그런데 외로운 사람은 긍정적인 감정을 제대로 경험할 수 없으니 쓸쓸해지는 겁니다.

인간의 가치는 의미를 부여하는 자에 의해 결정됩니다. 플루토의 악마처럼 부정적인 평가자를 머리 위에 올려놓고 산다면 진정으로 자유롭고 행복할 수 없습니다. 그렇기 때문에 자신을 평가의 대상으로 인식하지 말고 스스로가 평가자나 심사위원이 되어야 합니다. 머릿속에 각인된 부정적인 자아상을 긍정적으로 바꾸는 거죠. 자아상은 타인을 통해 형성되기에 나를 긍정적으로 바라봐주는 온정적인 대상이 필요합니다. 나를 긍정적으로 봐줄 사람은 내가 좋아하고 잘 대해준 사람이고요. 그 사람은 대부분 내 곁에 있는 배우자, 자녀, 친구 들입니다.

저는 '비틀스'의 열혈 팬입니다. '비틀스'의 노래 〈Eleanor Rigby〉는 폴 매카트니가 만든 '외로운 사람들에 대한 노래'입니다. 2016년 세상을 떠난 조지 마틴이 톡톡 튀는 스타카토 문양을 넣어서 멋진 대위법의 옷을 입혀준 곡이죠. 〈Eleanor Rigby〉를 들으며 생각합니다. '외로운 사람은 어떻게 살아야 할까.' 외로운 사람들에게 말해주고 싶습니다. 비판적이고 냉정한 집이 아닌 서로를 좋아하고 아끼는 사람과 함께 사는 집에서 따스한 감정을 주고받으며 살아야 한다고.

수치심과 죄책감

헤이즈
〈내가 더 나빠〉

최근 들어 수치스러운 일을 당했다고 드러내 말하며 도움을 청하는 사람과 그런 일을 저질러서 죄책감을 느낀다고 공개적으로 사과하는 뉴스를 자주 보게 됩니다. 수치심과 죄책감에 대한 소식과 이로 인해 파생되는 여러 복잡한 주장을 보면 마음이 매우 불편합니다. 수치심을 느꼈고 아직도 느끼는 사람들의 힘겨운 고백은 수치심으로 인한 고통이 어떻게 흘러가는지를 보여줍니다. 그 고통이 제 가슴에 깊이 전해져서 불편합니다. 죄책감을 느낀다는 사람들의 언행은 진심으로 죄책감을 겪는 과정에 있는 사람이 보이는 언행과 차이가 있습니다. 그들의 언행을 믿을 수 없어서 불편합니다. 잘못이 밝혀진 초기 단계라 그럴 수도 있겠지만,

죄책감을 느낀다는 사람의 언행이 오히려 수치심을 느끼는 사람의 언행처럼 보이니까요. 거기에 여러 이유로 한쪽 편을 들어 과도하게 공격하고 방어하거나 심지어는 역공을 하는 작태는 마음을 더없이 불편하게 합니다.

수치심과 죄책감은 구분하기가 쉽지 않습니다. 두 감정을 동시에 느낄 수도 있습니다. 그래서 두 감정의 차이를 아는 것이 중요합니다. 부정적인 감정의 늪에서 빠져나오는 길이 다르기 때문이죠.

　수치심은 '자신의 내면'에 초점을 맞추고, 죄책감은 '자신의 행동'에 초점을 둡니다. 수치심은 내면의 가치가 무너질 때 느끼는 감정이기에, 자신의 근본적인 가치를 평가절하하게 만들죠. 반면 죄책감은 자신의 행동이 타인에게 안 좋은 영향을 끼친 점을 후회하고, 피해자의 고통을 자신의 고통으로 느끼는 감정입니다. 이로 인해 흔들린 자신의 가치와 피해자의 가치도 함께 회복하려는 과정에서 괴로움을 느끼는 것이죠. 죄책감을 느끼는 사람은 잘못된 행동을 했지만 반성하기에 근본적인 가치를 평가절하하지 않습니다. 따라서 죄책감은 수치심에 비해 비교적 덜 고통스러운 감정이지요.

수치심을 가진 사람은 '내가 원래 나쁘거나 열등한 사람'이라고 믿습니다. 더 큰 피해를 피하기 위해 굴복하고 나서 스스로를 하찮고 비겁하고 무력한 존재로 느낍니다. 그래서 수치심을 느끼면 그런 상황에서 도망치려 합니다. 그 충격이 너무 크다면 타인이 자신을 평가할 수 없는 곳으로 가서 숨는 회피적인 삶을 살지요. 그러다 다시 수치심을 느끼는 상황에 처하면 어쩔 줄을 모르고 얼어붙어버리곤 합니다. 더는 숨어서 살 수 없고 물러설 곳이 마땅하지 않거나 도움을 받아 반격할 수 있는 자긍심을 회복했다면 수치심의 원인을 제공한 사람을 공격합니다. 분노하면서 말이죠. 내가 나쁘거나 열등한 존재가 아니고 나에게 수치심을 준 사람이 잘못한 일임을 증명하고 손상됐던 자신의 가치를 회복하고 싶어 하는 것입니다. 용서는 자신의 가치를 회복한 다음의 일입니다.

반면 죄책감을 느끼는 사람은 분노하지 않습니다. 자신의 잘못된 행동을 인정하고 그 책임을 지겠다고 결심하고 피해를 입은 상대방에게 잘못을 고백하고 사과하고 도움의 손을 내미니까요. 용서를 받고 관계를 회복하려는 노력을 통해 자신의 가치를 다시 확인하는데 왜 화가 나겠습니까? 잘못에 대한 숨김없는 고백, 책임을 지는 언행, 비난을 감내하는 성숙한 모습을 일관되게 보여야 그 죄책감을 믿을 수 있는 것입니다.

'넌 나쁜 놈이야! 널 저주해!'라고 감정을 토로하는 풍의 노
랫말이 대세인 요즘, 〈내가 더 나빠〉는 미안한 마음을 고백
합니다. 내 상처보다 네 상처가 깊었다는 걸 뒤늦게 깨달은
것이죠. 〈내가 더 나빠〉는 죄책감을 이야기하는 노랫말뿐
만이 아니라 깔끔하고 고급스러운 멜로디와 날이 서지 않
은 편곡으로 후회와 사과와 관계 회복을 원하는 진심을 전
합니다. 죄책감의 표현은 이런 진실한 고백과 사과를 노래
의 후렴처럼 진심을 담아 반복해야 하죠. 수치심은 자긍심
을 잃은 약한 사람의 감정이고, 죄책감은 안정적이고 성숙
한 사람의 감정이니까요.

　저는 딸 덕분에 어쩌다 헤이즈를 알게 되었는데 헤이즈
의 팬이 되었습니다. 헤이즈는 가창력이 출중한 가수처럼
시원하게 고음을 내지르지 않습니다. 내 마음과 같지 않은
불편하고 불안한 세상 속에서 느끼는 복잡한 감정과 그 감
정으로 인한 생각을 잘 포착하고 정리해서 시각적으로 묘
사합니다. 자신의 경험에서 길어 올린 노랫말과 연주로 감
정을 표현하는 연출 실력이 뛰어납니다. 헤이즈의 노래를
한번 들어보세요.

부끄러움을 위장하는 행위

동물원
〈시청앞 지하철 역에서〉

1989년 '동물원' 2집을 끝으로 리드싱어였던 광석이는 솔로 활동을 시작했고, 나머지 친구들은 대학을 졸업하고 취직을 했습니다. 저도 의과대학을 졸업하고 인턴이 되었죠. 딱 1년 재미있게 가수 놀이를 하고, 다들 자기 자리로 돌아갔습니다.

초보 의사는 선배와 교수님에게 혼나고, 아무것도 모른다는 사실을 매일 확인하고, 잠까지 못 자서 심신이 피곤한 한심한 처지입니다. 가장 힘든 신경외과에서 정신없이 뒹굴다가 한 달 만에 병원 밖으로 나오니, 어느새 봄이었습니다. 집으로 가는 길은 멀었고 외로웠습니다.

집으로 가는 지하철 안에서 저를 버리고 간 그녀를 만나는 상상을 했습니다. 그녀는 아마 가정을 꾸렸을 테고, 저는 어색하게 웃으며 아직도 더 나은 길을 찾아 헤매고 있다는 말도 안 되는 변명을 할 것이었습니다.

〈시청앞 지하철 역에서〉는 꼬질꼬질한 모습으로 빨래 가방을 들고 집으로 가던 지하철 안에서 만들었습니다. 사랑과의 재회를 염원하는 노래처럼 들리지만 사실은 수치심에 대한 노래입니다. 그녀의 눈에 비친 내 모습이 부끄러운 것이죠. 그래서 서른 즈음에도 정착하지 못하고 주절거리는 자기애적인 기만으로 도피하는 것이죠.

전통적인 정신분석은 부끄러움을 방어적 기능이라고 했습니다. 자신을 드러내 보였다가 된통 당할 수 있기에 조심하게 하는 것이죠. 노출 충동이나 과잉 흥분을 차단하는 방어 수단으로 본 것입니다. 그러다 과학이 발전하며 부끄러움이 하나의 독특한 감정이란 당연한 사실이 밝혀졌죠. 이 감정은 자신의 상태에 대해 느끼는 불쾌감입니다. 사랑하고 사랑받거나 자신이 유능하다고 여길 때 우리는 자긍심을 느낍니다. 그 반대의 감정이 부끄러움이죠. 못났다는 비난과 비교를 당하고 공감을 받지 못하며 성장한 사람들은 부끄러움을 달고 살아갑니다.

부끄러움은 자기 이상에 못 미칠 때 느끼는 감정이고, 죄

의식은 자신의 가치와 원칙에 반하는 행동을 했을 때 느끼는 감정으로 구분됩니다. 하지만 크게 보면 결국 부끄러움일 뿐입니다. 자신은 다르다고 주장하고 분리되고자 하는 사람은 자기 증명에 혈안이 된 불안한 어린아이입니다. 반면 결국 같은 것이라고 통합하는 사람은 통달한 사람이거나 자기 증명을 해봤자 망신당할 것을 알기에 '신 포도'를 만드는 실패자입니다. 저를 포함한 대부분은 후자 쪽이죠.

〈시청앞 지하철 역에서〉는 포크 밴드 '어떤 날'의 조동익 형이 편곡을 해줬습니다. 반주 녹음을 하는데 무척 어린 친구가 건반을 치겠다고 왔습니다. 왜 초보자를 데리고 왔느냐고 두덜거렸는데, 알고 보니 가수 김현철이었습니다. 현철이는 크리스마스이브에 첫사랑을 우연히 다시 만나는 장면에 어울릴 것 같은, 설레는 캐럴 같은 선수를 만들어주었죠.
　화음을 넣는데 여자 목소리가 필요했습니다. 마침 녹음사무실에 직원으로 보이는 여성 한 분이 앉아 있어서 합창을 같이 하자고 부탁했죠. 손사래 치는 그녀에게 노래를 못해도 된다고, 여자 목소리가 필요해서 그러니 제발 좀 우리를 도와달라고, 좋은 추억이 될 것이라고 설득하면서 말입니다. 그런데 이 여자분, 노래를 참 잘했습니다. 칭찬을 하니까 원래 가수 지망생이었다고 하며 눈길을 피하더군요.

나중에 알고 보니 이미 아는 사람은 다 아는 유명 가수 장
필순이었습니다. 〈시청앞 지하철 역에서〉는 만들 때부터 녹
음할 때까지 저를 창피하게 만들었죠.

부끄러움을 처리하는 방법은 저마다 다릅니다. 대부분 위축
되지만 무표정해지거나 화를 내거나 엉뚱하게 웃기도 합니
다. 그 처리 방법이 일상생활에서 문제가 될 때는 그 원인과
부정적 결과를 찾아 문제를 해결해야 할 것입니다. 그런데
말입니다. 부끄러움은 인간의 생존과 공동체의 안정을 위해
꼭 필요한 감정입니다. 부끄러움을 숨기기 위한 방어기제가
잘못되었을 때 자신과 타인에게 피해를 주는 것이죠. 부끄
러움이 너무 많거나 부끄러움을 잘못된 방식으로 감추는 것
보다 오히려 부끄러움이 너무 없는 것이 더 큰 문제입니다.
윤동주 시인은 〈서시〉에서 "죽는 날까지 하늘을 우러러 / 한
점 부끄럼이 없기를, / 잎새에 이는 바람에도 / 나는 괴로워
했다"라고 말했습니다. 부끄러워하는 마음이 없는 사람은
불의를 저지르고도 철면피겠죠.

분노를 다스리는 법

더 러빙 스푼풀
〈Summer in the City〉

땀을 뻘뻘 흘리며 점심을 먹고, 덥다고 투덜거리며 병원으
로 허겁지겁 놀아오니 예약했던 '신환(새 환자)'이 '노쇼No
Show'입니다. 전화해도 받지 않습니다. '뭐 그럴 수도 있지'
하고 있는데 방송국에서 전화가 옵니다. 태풍 때문에 토요
일 지방 야외 공연이 취소됐다고 합니다. 갑자기 열이 확 오
릅니다. 환자가 가장 많은 토요일에 휴진하고 기차표와 펜
션도 예약했는데, 동생들에게 형이 한턱낼 거라고 호언장담
을 했는데, 오히려 주말에 돈을 버는 동생들을 공치게 했으
니까요.

분노는 자기 보호를 위한 감정입니다. 동물은 신체적인 가

217

해나 위협을 받을 때 분노합니다. 인간은 자신의 가치를 무시당하거나 피해를 볼 때 분노하죠. 윤리나 신념을 부정당할 때도 분노하지만 그리 흔하지 않습니다. 그보다 무시와 피해로 인한 분노를 정당화하고 싶을 때 윤리와 신념을 운운하게 되곤 하죠.

분노는 뇌 중앙에 있는 '편도'라는 엄지손톱만 한 기관이 담당합니다. 편도는 분노에 2초가량 반응합니다. 화가 났을 때 속으로 열을 센 후 반응하는 것이 좋다는 과학적 근거입니다. 편도는 분노, 공포, 불안을 처리합니다. 이런 감정들은 본질이 같습니다. 싸워볼 만하다면 분노를, 도저히 이길 수 없다면 공포를, 긴가민가하다면 불안을 느끼는 것이죠.

편도가 작동하면 교감신경이 항진돼서 몸이 흥분합니다. 나쁜 짓을 하다가 교감 선생님 혹은 경찰에게 걸리면 호흡이 가빠지고 속이 울렁거리고 몸이 뜨거워지고 식은땀이 나고 입이 마르는 것처럼 말이죠. 기온이 높아지면 몸은 분노할 때와 비슷한 상태가 돼서 별것 아닌 일에 쉽게 화를 냅니다. 인간은 '비슷한 것'을 '같다'고 속단하는 단순한 동물이니까요. 제가 더위 때문에 화를 참지 못했다고 변명하려는 것입니다. 방송국 사람들이 설마 일부러 태풍을 데리고 왔겠습니까.

분노 조절의 기본은 세 번 생각한 뒤 말하는 것입니다. 상대방이 기분 나쁜 언행을 하면 먼저 내가 착각했는지 확인하고, 또 한 번 그러면 상대방의 실수나 버릇이 아닌지 확인합니다. 세 번째 그러면 나를 화나게 하려고 의도적으로 그러는 것인지 차분하게 말로 확인합니다. 그러면 분노 대부분은 조절할 수 있습니다. 분노를 조절하려면 속으로 열을 여러 번 세야 하고, 상황에서 벗어나 열을 식혀야 하고, 점진적 이완 요법에 익숙해져야 합니다. 적절한 대응에 관한 생각도 많이 해야 합니다. 긴장을 완화하기 위한 유머도 필요하죠.

'더 러빙 스푼풀', '한 숟가락 가득한 기쁨'이란 그룹명은 커피에 설탕 한 스푼 가득 넣었을 때의 만족감을 표현한 것입니다. 달달한 것들을 생각하면 성질이 부드러워지기도 합니다. 〈Summer in the City〉는 팝송에서 도시의 실제 소음을 처음 사용한 노래랍니다. 가요에서는 아마 제가 만든 〈시청 앞 지하철 역에서〉가 처음 아니었을까요?

　서울 같은 대도시는 동남아보다 덥습니다. 아스팔트가 열기를 내뿜어 열대야 현상도 일어나죠. 대도시 사람들은 매년 뜨거운 여름을 견뎌야 하고 분노에 사로잡혀 있습니다. 지하철에 앉아 있는 사람들의 표정은 지쳐 있거나 불만이

가득하죠. 시끄러운 잡음들과 시끄러운 사람들 때문일까요. 분노를 잘못 다스리면 열패감이나 무기력에 빠지기도 합니다. 어쨌든 분노를 잘 다스려 이 분노 사회에서 나를 지켜내야 합니다. 서로 양보하고 배려하고 분노를 예방하고 조절할 수 있다면 조금 덜 더운 여름이 될 수 있겠죠.

수동 공격성을 가진 사람

스모키
〈Living Next Door to Alice〉

소심하게 3도 화음 "우~"를 잠시 날려준 뒤 시작하는 〈Living Next Door to Alice〉는 24년간 사랑하는 여자의 옆집에서 살면서 단 한 번도 사랑한다고 고백하지 못한 못난이의 이야기입니다. 앨리스 집 앞에 큼지막한 '리무진'이 와서 그녀를 태우고 떠나려 하는데, 남자는 밖으로 나가지 않고 현실을 바꾸려 하지 않으며 그저 창문 밖만 바라봅니다. 그러다가 '여자 사람 친구'일 뿐인 샐리가 전화를 걸어 위로하자 어린아이처럼 통곡합니다.

사실 샐리는 어릴 적부터 이 남자를 짝사랑했습니다. 이런 샐리에게 남자는 '이제 앨리스가 없는 세상을 어떻게 살아가느냐'고 한탄하고 '어떻게 떠나는 이유를 설명하지 않을 수 있냐'고 원망합니다. '앨리스가 자신에게 그 이유를 말해줘도 절대로 듣지 않겠다'고 고개를 가로젓습니다. 완전히 극심한 '수동 공격적인 성격'을 가진 사람의 언행이죠.

수동 공격성을 가진 사람은 공격성을 직접 표현하지 못합니다. 이런 성격은 성장하면서 무서운 부모에게 억울한 일을 많이 당하면서 형성되는 경우가 많습니다. 강압적인 부모는 자식에게 무리한 요구를 하고, 아이는 이런 부모에게 몹시 화를 냅니다. 그러나 화를 표출하면 부모에게 사랑을 받지 못하고 감당할 수 없을 정도로 혼이 나죠. 분노를 억압할 수밖에 없는 이유입니다.

이런 성격을 가진 사람은 분노를 품고 살아갑니다. 그들은 자기 자신을 연약한 어린아이라고 여깁니다. 그리고 세상 사람들을 자신의 부모와 같은 사람이라고 생각하죠. 하지만 억압된 분노는 어떤 식으로든 표출의 길을 찾습니다. 그들은 분노를 간접적으로 터뜨립니다. 드러내놓고 반대하진 않지만 일이나 공부를 게을리하거나, 말은 긍정하면서 행동은 반대로 하는 식이죠. 수동적으로 상대방을 골탕 먹이거나 속 터지게 만들거나 측은지심을 유발해서 최소한 화를 내지 못하게 합니다.

그런 사람들은 자신이 그렇게 하고 있다는 사실을 인식

하지 못하곤 합니다. 일부러 그러는 게 아니고, 반격과 복수로부터 자신을 보호하기 위해 그런 행동을 하는 것이니까요. 또 자극에 어떤 반응을 보일지 망설이고 결정을 지연하기 때문에, 결국 타인들에게 무시당하거나 거부당합니다. 결과적으로 스스로 자해의 상처를 받습니다. 순종하며 의존할 것이냐, 자기주장을 하고 된통 얻어맞을 것이냐 하는 갈림길에서 갈등하다가 기다려주지 못하고 이해해주지 못하는 세상에 상처받기를 거듭하는 소극적인 햄릿과 같죠.

사실 이러한 성격 특성은 정도의 차이는 있지만 우리 모두에게 있습니다. 다만 이러한 특성이 일상생활에 큰 걸림돌이 될 때가 문제인 것이죠. 수동 공격적인 성격을 가진 사람들은 앞에서는 순종적인 것 같지만, 뒤에서는 공격적이어서 대인관계에 큰 갈등이 있습니다. 상대와 관계를 망치고 싶지 않고 자신이 피해보고 싶지 않아서 왜곡된 행동을 저지르기도 합니다. 때로는 적당히 미움을 받고, 분노를 표현해야 심신에 좋을 텐데요.

우리나라 사람은 억압적 수직관계가 익숙해서 수동 공격적인 성향이 강합니다. 그래서일까요. 〈Living Next Door to Alice〉는 유독 우리나라에서 인기가 많습니다. 1970년대 말 청춘이었던 사람의 머릿속에는 어느 결정적인 순간의 BGM

으로 각인되어 있죠. 대부분 사랑 고백을 거절당하거나 이별을 통보받던 순간들입니다. 분노를 슬픔으로 잘못 인식하고 표현하거나 공격하지 못하고, 멀어져가는 너의 뒷모습만 바라보다가 터덜터덜 집으로 돌아와서 잠을 이루지 못하며, '너 없이는 살 수 없는 나를 두고 어떻게 냉정하게 떠날 수 있었냐'라고 생각하면서 이불킥을 하던 모습이 떠오릅니다.

상처를 붙잡지 않는 법

장필순
〈맴맴〉

한밤중에 잠에서 깼습니다. 시계를 보니 새벽 세시였습니다. 다시 잠을 청하지만 도저히 잘 수가 없습니다. 목청껏 우는 매미 때문에요. 이놈들은 도대체 언제부터 밤낮을 구분하지 못하게 되었을까요? 어떤 이유에서건 어둠 속에서 울어 젖히는 수컷 매미는 헛된 노력을 합니다. 땅속에서 10년이라는 긴 시간을 인내해서 딱 한 번 짝짓기를 하는 암컷은 최대한 신중한 결정을 해야 하기에, 청각과 시각을 총동원해서 짝을 결정할 테니까요.

잠을 포기하고 혼자 거실로 나와 궁상맞게 책을 펼치는데, 문득 머릿속에서 장필순의 〈맴맴〉이 재생됩니다. 노래를 부른 필순이가, 아니 〈맴맴〉을 만든 예민덩어리 이규호가 이렇게 읊조리는 듯합니다. 매미 소리를 듣다가 눈꺼풀이 내려앉았고, 꿈을 꾸었는데 몇 년 전 너와 헤어진 고통이 떠올랐어. 꿈속에서라도 너를 잡으려고 애쓰는데 헛손질이지. '맴맴'은 의성어가 아니라 제자리를 맴도는 내 모습을 표현한 의태어 같아.

〈맴맴〉은 조동익 형이 편곡했습니다. 노래 한 곡에 부정, 분노, 흥정, 우울, 수긍으로 이어지는 상실의 과정을 욱여넣은 짧고 순진한 레퀴엠이지요. 노래 속 불협화음의 효과음은 아직도 아물지 않고 시도 때도 없이 불쑥 튀어나오는 상처의 아픔을 상징합니다. 귀에 굉장히 거슬리지요. 그러다 노래 마지막에 효과음이 슬쩍 화음 안으로 들어옵니다. 잘 살려고 노력하고 있으니 걱정하지 말라고 이별을 수긍하는 노력을 보여줍니다.

안정적인 마음 상태를 유지하려면 삶의 기억과 의미를 정확히 알고, 시간을 통합적으로 인식해야 합니다. 먼저 과거에 얽매이지 말아야 하죠. 매미 소리 하나만으로 과거로 돌아가는 건 약한 '플래시백'입니다. 플래시백이란 트라우마를 심어준 과거의 사건이 다시 현재에 일어나는 것처럼 느끼는 현상입니다. 과거의 기억을 고스란히 느끼며 아픔을 호소하는 것이죠. 플래시백을 겪는 사람은 과거의 사건을 현재형으로 말합니다. "그 사람이 나를 때려요!" "나를 죽이려고 해요!"라고 하지만 과거의 사건은 과거에 끝났습니다.

플래시백을 없애려면 과거에 일어난 사건이 기억임을 분명히 알아야 합니다. 그것이 기억이라고 납득할 수 없다면 주변 사람에게 현실이 아님을 확인해달라고 부탁해야 합니다. 그다음은 불편한 현실을 부정하거나 외면하지 말아야 합니다. 고통을 직면할 용기, 불편함을 해소하거나 수긍하는 지혜가 필요합니다. 희망 사항은 현실이 아닙니다. 결국 현실 속 구원자는 내가 아니라 나를 둘러싼 사람들입니다. 마지막으로 삶이 불확실하다는 것, 지금 내가 가진 것이 영원히지 않다는 것, 원하지 않지만 죽을 수밖에 없다는 것을 인정해야 합니다. 그래야 우리가 가진 한계에서 무엇을 지키고 버릴지 우선순위를 정하고, 멈출 수 없는 시간 속에서 행복하게 살기 위한 계획을 짤 수 있습니다.

허기진 마음 달래기

브루스 스프링스틴
〈Hungry Heart〉

'우당탕탕' 하는 드럼으로 시작한 투박스러운 전주가 끝나면 그전까지 과도하게 지적이고 사회비판적인 노래만 부르던 브루스 스프링스틴이 갑자기 저 같은 보통 사람들의 솔직한 속내를 구성지게 읊어주기 시작합니다. 스프링스틴의 첫 번째 대중적 히트곡이 탄생하는 순간이었죠.

스프링스틴 형님처럼 보편적 인간의 불안과 욕망, 절망, 분노를 잘 표현할 수 있는 음악인이 또 있을까요? 그는 잘못된 선택을 하고도 어떻게 그 잘못을 바로잡아야 할지 몰라서 이 세상의 힘이 자신의 삶을 이끌어가게 내버려둔 한 남자의 이야기를 합니다. 중력을 거스르지 않고 흐르는 물처럼 사는 남자죠. 남자는 서로에게 가장 소중했던 것을 무너뜨리고 쓸모없는 물건들을 상자에 담아 나눈 후 혼자 남겨졌습니다. 스프링스틴 형님은 우린 모두 공허한 가슴을 가졌다면서, 인간의 기본적인 본능을 토로합니다. 겉으로는 괜찮은 척, 아닌 척, 당당한 척해도 혼자이고 싶은 사람은 없다고.

우리는 모두 외롭기 싫고 친밀한 관계에 굶주려 있습니다. 하지만 누군가와 가까워지면 곧 불편과 갈등을 겪으면서 어긋난 관계 때문에 괴로워하죠. 때로는 인정과 사랑을 받지 못한다는 분노와 인정과 사랑을 잃을지도 모른다는 두려움 사이에서 길을 잃기도 합니다. 머리로는 어떻게 해야 하는지 알지만 그것을 실행으로 옮기지 못하죠. 인지적 지능은 멀쩡한데 감정적 혹은 사회적 지능이 형편없기 때문입니다.

사회적 지능이란 관계와 사회생활을 잘 이해하고 관리할 수 있는 능력입니다. 이 능력이 잘 발달하면 의사소통을 잘해서 좋은 영향을 주고받고, 갈등을 예방하고, 공동체를 결합하고, 나아가 주변 사람들에게 영향력을 발휘하는 리더십을 지니게 됩니다. 공부를 잘하는 데 필요한 인지적 지능보다 더 소중하고 필요한 지능이죠.

사회적 지능에는 두 가지 요소가 있습니다. 첫째는 안정된 정서입니다. 마음이 안정돼야 관계에서 일어나는 현상을 집중해서 살펴볼 수 있고, 상대방의 미묘한 감정과 의도를 객관적으로 판단할 수 있으니까요. 또 감정적인 자기중심성에서 벗어나 타인의 처지와 전체적인 상황을 객관적으로 볼 수 있고, 표면뿐만 아니라 이면도 파악하는 통찰력을 발휘해 서로에게 득이 되는 쪽으로 대처할 수 있습니다. 그래서 안정적인 정서 상태, 주의력, 객관성, 통찰력이 사회성의 첫째 기본 조건입니다. 물론 교육을 통한 사회적 이해와 기술의 연마도 필요하죠.

둘째는 타인을 배려하고 존중하는 마음, 이 세상이 나에게 우호적이라고 생각하고 신뢰하는 긍정적인 세계관입니다. 존중하는 마음과 긍정적인 세계관 없이 사회적 기술만 발휘한다면 곧 진실성이 없음이 드러나고, 감정에 따라 지킬 박사와 하이드 씨가 된다는 사실이 발각되죠.

좋든 싫든 가까운 사람들과 상호 작용을 해야 할 때가 많습니다. 스프링스틴이 대중의 마음을 읽는 사회적 지능을 발휘해 성공했듯, 우리도 사회적 지능을 발휘해서 사람 사이 관계를 발전시키고 원하는 반응을 얻어내야 합니다. 가깝지만 도저히 존중해줄 수 없는 사람과의 만남을 피할 수 없다면, 사회성의 첫째 조건만 여우같이 발휘하는 사회적 기술도 필요하겠죠. 그러려면 먼저 마음을 안정시켜야 합니다.

우리는 자신을 존중하고 신뢰해주는 사람들과 상호 작용을 많이 할수록 이 세상을 더 신뢰하게 됩니다. 긍정적인 믿음은 상대방에게 배려와 신뢰를 베풀게 해주죠. 정상적인 사람은 존중과 배려에 좋은 반응을 보이며 보답합니다. 이런 긍정적인 선순환이 사회적 지능을 키워주죠. 운이 좋지 않아 좋은 상호 작용의 경험이 부족했다면 지금부터라도 조금씩 힘을 내봅시다. 우리 후손에게 좋은 사회적 지능을 물려주기 위해서라도 말이죠.

논리보다 이야기와 감정으로

산울림
〈아마 늦은 여름이었을 거야〉

벚꽃이 피고 지고 따가운 햇볕에서 땀을 닦으면 어느새 늦여름입니다. 이 시기가 되면 대도시에 사는 저는 풍성한 결실을 기대하기보다 늦기 전에 변화를 추구해야 한다는 강박에 시달립니다. 경제, 정치, 외교, 바이러스 등 복잡하고 어려운 문제가 불안을 부추기는 때일수록 휴식이 더 필요합니다.

이럴 땐 노래가 제격입니다. 늦여름이니 〈아마 늦은 여름이었을 거야〉를 들어봅니다. 제철 음식이 맛이 좋듯 제철 노래는 계절에 따라 변하는 감정을 돌아보는 데 좋죠. 1977년에 발표된 〈아마 늦은 여름이었을 거야〉는 곡이 너무 길어서 방송에서 잘 들을 수 없었습니다. 그렇게 한동안 잊힌 노래가 되었지만 사라져서는 안 될 명곡입니다. 약간 말장난처럼 시작하는 노랫말을 따라가면 '하늘에 있는 느낌' '좋아하는 사람의 얼굴을 도드라지게 만드는 나뭇가지' 등 갓 낚싯바늘에 걸린 물고기같이 펄떡이는 이미지가 떠오릅니다. 나무 잎사귀로 줌인했다가 숲 전체로 줌아웃을 되풀이하며 시공간을 넘나드는 몽롱한 장면이 이어지죠. 이렇게 클로드 모네나 오귀스트 르누아르의 그림을 떠올리게 하는 이미지를 보여주더니, 김창완 씨는 '나머지는 당신들이 알아서 생각해보슈' 하면서 주야장천 기타를 칩니다. 그럼 우리는 기다렸다는 듯이 노래 속 이미지들을 모아서 새로운 이야기를 만들기 시작합니다.

인간은 이야기를 통해 이해하고 배웁니다. 감각과 언어를 통해 입력된 정보를 자신이 알고 있는 이야기의 틀에 맞춰 가공합니다. 스스로 이해할 만한 구체적인 이야기가 있으면 이를 대부분 인간에 관한 이야기로 만들어 기억하죠. 어떤 문제가 있다고 가정해봅시다. 이 문제에 대한 정보와 논리만 제공하면 10퍼센트 사람만이 문제를 해결하지만, 그것을 이야기에 담아 제시하면 70~90퍼센트가 문제를 해결합니다. 인간의 뇌에 있는 이야기의 기본적인 틀은 대부분 생활하며 겪는 문제의 해결에 대한 것입니다. 그래서 이야기의 틀은 인물, 그 인물이 겪는 곤경, 문제의 해결이라는 세 요소로 형성됩니다. 여러 요소를 다양한 형태로 연결하여 수많은 이야기를 만들죠.

인간의 뇌는 논리를 처리하기보다 이야기를 처리하는 기관입니다. 그런데 여기서 문제가 생깁니다. 정보를 이야기로 만드는 과정에서 정보가 왜곡되죠. 피자를 미국의 빈대떡이라고 이해하는 것처럼 기존의 틀을 통해 새로운 것을 이해하기 때문입니다. 또 이야기를 나에게 유리하게 재편성하기에, 법대로 하자고 하다가 불리하면 법을 고쳐야 한다고 말하는 상황이 벌어집니다.

더 큰 문제는 생존을 위해 협업하며 동료의 의도를 잘 알리기 위해 발달한 '이야기 만들기 본능'이 과잉이 될 수 있다는 점입니다. 그래서 이야기가 풍선처럼 부풀려지고, 거짓이 사실로 받아들여지곤 하죠. 주로 이런 이야기는 좋지 않은 과거를 극복하거나 복수를 하기 위해 만들어집니다. 또 과잉 발달한 생존 욕구로 이야기를 문제 해결 용도로 사용하는 것을 넘어서 일어날 가능성이 희박한 문제에 대한 해결책까지 준비하게 됩니다. 편히 쉴 시간에 자신이 만들어낸 이야기 때문에 불안과 외로움을 겪게 되죠.

그래서 잘 알아들을 수 있도록 쉬운 이야기로 풀어서 들려주고, 제대로 전달했는지 확인하는 태도가 필요합니다.

잘 안 되었다면 화내지 말고 더 재미있는 이야기로 만들어 다시 들려줘야 합니다. 들을 때도 자신의 경험에만 집착하지 말고 모르면 물어봐야 합니다. 인내심을 가지고 주고받으며 제대로 공유하고 이해한 정보량이 늘어날수록 평화와 친밀의 가능성이 커집니다.

사실 이 글을 쓰는 이유는 늦여름에 〈아마 늦은 여름이었을 거야〉를 한번 찾아 듣길 바라는 마음 때문입니다. 그리고 〈아마 늦은 여름이었을 거야〉를 부모와 자녀가 함께 들으며 이야기를 나누었으면 합니다. 이 노래가 처음 발표되었을 당시 정말 파격이었죠. 잘 만들어진 파격은 오래갑니다.

　저는 이럴 것입니다. "얘들아, 이거 한번 들어봐. 멋있지 않냐? 옛날에 김창완이라는 어마어마한 작곡가가 있었어. 아니, 너희들이 아는 그 배우 말고…."

용기를 낸다는 것

저니
〈Don't Stop Believin〉

〈Don't Stop Believin〉은 록 밴드 '저니'의 곡 가운데 제가 가장 좋아하는 노래입니다. "결코 포기하지 말고 너 자신을 믿어"라고 말하는 노래를 들으면 힘이 납니다. 이 세상의 록 중 가장 선이 굵고 멋있는 건반 전주로 시작하기에 응원가로 자주 불리죠. 모두 고단한 인생을 산다고, 당신만 힘든 것이 아니라고, 그렇지만 용기를 잃지 말라고, 자신을 믿고 선택한 길을 끝까지 가라고 격려합니다.

더 좋은 사람이 되어 좋은 세상을 만들기 위해 인내하고 노력하며 이타적으로 사는 것이 옳음을 누구나 다 압니다. 하지만 아는 것을 실행에 옮기기는 매우 어렵습니다. 꿈과 윤리를 지키려면 용기가 필요하기 때문이죠. 힘이 센 사람은 자신이 이길 것을 알기에 자신이 옳다고 믿는 대로 행동하는 데 주저함이 없습니다. 반면 힘이 약한 사람은 자신이 옳다고 믿는 행동조차 머뭇거립니다. 여차하면 곤경에 처하거나 사회적, 육체적 죽음까지 당할 수 있기 때문이죠.

약자의 용기는 미덕입니다. 그래서 용기 있는 약자는 칭송과 존경을 받습니다. 어릴 적 우리는 약해도 용기를 내야 한다는 교육을 자연스럽게 받았습니다. 골리앗에 맞서는 다윗, 볼드모트와 싸우는 해리포터를 보며 용기를 얻었죠. 하지만 안타깝게도 약자 혼자만의 용기는 무모한 시도로 끝나버릴 때가 많습니다. 그래서 약자의 용기는 정치나 종교를 통해 함께 모여 표출되곤 하는 거죠.

용기의 뿌리는 크게 두 가지입니다. 첫째 뿌리는 윤리적 성숙 또는 사랑입니다. 더 좋은 세상을 만들기 위해서, 사랑하는 사람을 위해서, 신념이나 신앙을 지키기 위해서, 우리는 두려움을 무릅쓰고 강력한 불의에 맞서며 옳은 행동을 하려 합니다. 윤리적 믿음이 성숙하고 사랑이 굳건할 때, 더 큰 용기를 낼 수 있습니다. 제게 부족한 부분입니다. 두려움과 용기는 동전의 앞면과 뒷면과 같습니다. 두려움이 없으면 바보이며, 두려움이 너무 많으면 겁쟁이거나 불안장애에 가깝죠.

둘째 뿌리는 자신감입니다. 자신감이 넘치는 사람은 눈치를 보지 않고 꿈과 열정과 신념을 굳건하게 따릅니다. 삶의 방향성과 열정은 자신이 좋아하고 원하고 잘하는 일을 하며 인정받을 때 생깁니다. 인문과학에 통달한 사람, 예체능을 잘하는 사람, 유머가 뛰어난 사람, 아름다움을 추구하는 사람, 논쟁에 탁월한 사람들이 있습니다. 각자의 특성은 다르고, 타고난 능력은 다양합니다. 자신의 강점을 발전시켜서 뜻을 이루는 사람이 주변에 많습니다.

한번 심어진 자신감은 더 커지려는 특성이 있고, 잘하고 싶은 열정을 일으켜 노력하게 만듭니다. 그리고 노력의 결실은 지식과 신념이 됩니다. 자신감이 있다면 실낱같은 희망을 놓지 않고 견디며, 계속 새로운 길로 나아가는 용기를 가질 수 있습니다. 실패해도 품위를 지킬 수 있습니다.

하지만 자신감에 뿌리를 둔 용기는 위험하기도 합니다. 용기를 내어 성취하거나 권력을 얻으면 자만과 자기중심적인 착각에 빠질 수 있으니까요. 객관성을 유지하기 위한 노력과 끊임없는 윤리적인 성찰이 없다면, 좋은 의도가 독선, 편견, 오만, 심지어 폭력으로 변합니다. 주변을 둘러보면 흔히 볼 수 있는 현상이죠. 그래서 나를 의심하며 돌보는 습관이 필요합니다.

용기는 두렵고 힘들어도 옳다고 믿는 행동을 꾸준히 이어가는 연습으로 얻을 수 있습니다. 경험치가 쌓이면, 두렵고 힘들 때 어려움을 극복하고 도움받은 경험을 기억하죠. 내가 할 수 있는 능력과 기술을 가지고 도움받을 수 있다는 사실을 알고 능동적으로 대처하게 됩니다. 우리는 행복해질 수 있습니다. 그러기 위해서는 용기가 필요합니다.

서두르지 말고 솔직하게

이글스
⟨Take It Easy⟩

시간이 쏜살같습니다. 지난 몇 년 동안 열심히 살았지만 투덜거리면서 같은 생활을 허겁지겁 반복했을 뿐입니다. 시작도 하지 못한 계획을 되뇌며 같은 후회를 되풀이합니다. 나이 들수록 세월은 왜 이렇게 빨리 지나가는 걸까요? 목표를 이루려고 고군분투하느라 바빴다고 자신을 토닥이지만 핑계입니다. 사실 익숙한 길에서 벗어나 새로운 도전을 하기가 어렵습니다. 그래서 미루고 회피했음을 부정할 수 없습니다.

저는 이제 흰 머리칼이 어색하지 않습니다. 노년에 가까워지고 있죠. 인생이 크게 변하거나 나아질 수 있다고 기대하지 않습니다. 엄청난 변화가 필요할 것 같지도 않고요. 그저 큰 잘못을 저지르지 않고 주변과 조화하며 하루하루를 즐겁게 살고 싶습니다. 해야 할 일들에 너무 쫓기지 않고 살려고 합니다. 서로 사랑하고 좋은 추억을 만들 시간도 부족하니까요.

그렇다고 인생을 무료하게 보내기를 원하는 건 아닙니다. 흑백인 인생을 컬러로 바꾸려면 천천히 변화를 주며 살아야 하죠. 하늘을 바라보기 위해 잠시 멈춰 서지는 못하더라도 느리게 걸으려고 노력합니다. 가족과 친구와 이야기를 나누고 공감하는 여유를 가지려면, 도태되거나 뒤처지면 안 된다고 생각하며 불안에 떠는 마음을 다스려야 하죠. 불안은 학습된 습관입니다. 주변을 둘러보세요. 나이가 들면 몇몇을 제외하고는 다 엇비슷해집니다. 그러니 불안에 떨기보다 수긍하고 적응해야 합니다.

불안이 일상을 덮칠 때, '이글스'의 〈Take It Easy〉의 노랫말을 들어보세요. '이글스'는 이런 말을 해주고 싶었던 것 같습니다. '서두르지 말고 걱정하지 마. 조바심이 너를 미치게 만들지 마. 아직 웃을 수 있고 사랑할 수 있을 때 사랑해야 해. 삶은 한 번뿐이니까 내 힘으로 어찌할 수 없는 일은 넘기고, 머뭇거리지 말고 너의 삶을 살아야 해.'

〈Take It Easy〉의 앞부분은 〈The Load Out and Stay〉로

사랑받는 잭슨 브라운이 유명해지기 전에 만들었습니다. 브라운이 사는 낡은 아파트 위층에는 '이글스'의 리더인 글렌 프레이가 살았는데, 프레이가 브라운의 노래를 듣고 '서두르지 말고 걱정하지 말자'는 내용의 후렴구를 썼죠. 그렇게 후닥닥 만들어진 〈Take It Easy〉는 전설이 된 '이글스'의 데뷔 앨범 《The Eagles》의 첫 수록곡이 되었습니다. 컨트리록의 시초이기도 하지요.

시간이 빠르게 흐른다고 말하는 사람은 대부분 무인가를 놓치고 있다고 느낍니다. 그들이 놓치고 있는 건 삶의 즐거움과 의미죠. 삶의 즐거움과 의미는 혼자 조용히 사색하는 시간과 소중한 사람과 함께하는 시간이 조화를 이룰 때 찾을 수 있습니다. 혼자만의 시간보다 소중한 사람과 즐거움을 나누는 시간을 만들기는 어렵습니다. 상대방을 꾸준히 이해하고 배려해야 하기 때문이죠. 하지만 소중한 사람과 함께 보내는 시간을 포기할 수는 없습니다. 의미 있는 삶의 전제 조건은 안정적이고 친밀한 관계이니까요.

소중한 사람과 마음을 잘 나누려면, 상대방을 있는 그대로 이해하고 받아들이며 그들에게 힘이 되어주어야 합니다. 자신의 초라하고 연약한 모습도 가식 없이 보여주고 이해와 위로를 구해야 합니다. 신뢰는 나를 솔직히 드러내면서 쌓입니다. 서로를 믿을 수 있을 때 비로소 편안함과 즐거움을 나눌 수 있고, 시간은 천천히 흐르게 되고, 우리는 웃으며 더 정확하게 사랑하게 됩니다.

떠남의 의미

패스트볼
⟨The Way⟩

햇볕은 쨍쨍 내리쬐고 쌀쌀한 바람은 기대조차 할 수 없는
어느 여름날, 노부부는 짐을 싸서 떠나기를 결심합니다. 어
디로 어떻게 가는지 모른 채 말이죠. 편안한 길을 걸으며 안
락하게 살던 부부는 왜 갑자기 떠났을까요.

⟨The Way⟩는 미국 텍사스의 노부부 실종 기사를 토대로
만들어졌습니다. 노부부는 옆 동네 축제를 구경하러 간다고
말하며 사라졌습니다. 아내는 알츠하이머를 앓고 있었고,
남편은 뇌수술 후 회복 중이었죠. 기사를 접한 미국의 록 밴
드 '패스트볼'은 부부가 몰래 도망가서 어디선가 멋진 휴가
를 보낸다고 상상했습니다. 모든 의무와 책임을 내려놓고
무작정 떠나서 하고 싶은 일만 하며, 어디로 어떻게 인생이

흘러가는지 몰라도, 앞만 보고 고속도로를 달리는 아이처럼 즐거워하는 노부부의 모습이 그려집니다.

인간은 휴가와 여행이 필요합니다. 단순히 먹고 쉬기 위함이 아닙니다. 현실에서 쌓인 갈등, 불안, 분노 등 부정적인 감정을 상쇄할 긍정적인 감정을 찾아 떠나는 거죠. 휴식은 집에서도 가능합니다. 하지만 '집콕'에서 오는 긍정적인 감정은 제한적이죠. 그래서 집을 떠나면 개고생임을 알면서도 긍정적 감정을 단기간에 얻기 위해 익숙한 일상에서 떠납니다.

우리는 어딘가로 떠났을 때, 불편함에서 벗어나 잠시 낯선 나로 살면서, 놀이에서 오는 재미를 찾습니다. 새로운 것을 보면서 자신의 가치가 향상되는 것을 느끼며, 의미 있는 대상과 경험을 공유하고 끈끈한 관계를 만들게 됩니다. 더 나아가 평소의 삶과는 다른 삶 혹은 알고 있었으나 잊었던 삶을 보면서, 새로운 가치와 잣대로 자신의 삶을 측정하거나 현실과 거리를 두고 자신의 삶을 객관적으로 살펴보게 됩니다.

떠남으로 제한적이거나 근시안적인 시야를 넓혀 세상의 '전반'을 폭넓고 자세하게 파악하며, 그렇게 파악해가는 '마음 챙김'을 경험합니다. '내가 그동안 이렇게 살아왔는데,

이런 부분은 이렇게 유지하고, 저런 부분은 저렇게 변해야 겠구나!' 하고 깨닫는 거죠. 현실로 돌아와서 평온한 마음을 유지하고, 자신의 삶을 관찰하고 의심하고 그래서 호기심이 생기고 나아가 삶이 변한다면 금상첨화겠죠. 그러면 지루하지 않은 삶을 살 수 있고, 무기력이나 우울은 발붙일 자리를 잃을 겁니다. 휴가와 여행이 재충전의 도구가 아니라 '자가 발전'의 계기가 되는 순간입니다. 멋진 여행을 하며 '에이, 이런 데서 살아야 하는데' 할 때, 멈칫하고 100만 가지 이유를 대며 다시 비루한 현실로 꾸역꾸역 돌아오는 것이 자발적인 선택이라고 직시할 수 있을 때, 좀 더 수준 높은 휴가와 여행이 가능할 것입니다.

텍사스 노부부는 사막에서 죽은 채로 발견됐습니다. 떠남은 돌아올 곳이 있을 때 즐겁죠. 돌아올 곳을 마련해두지 않고 무모하게 출발하면, 대부분 비극적 결말을 맞게 됩니다.

코로나19로 나라가 뒤숭숭하고 경제가 좋지 않아서 휴가나 여행을 포기한 분들이 많습니다. 떠나고 싶어도 떠날 수 없는 상황이지만, 붐비는 곳은 피하고, 정해진 거리두기를 실천하며 가까운 곳으로 잠시 떠나보는 건 어떨까요. 안전하게 쉼을 즐기는 여유도 필요합니다. 재충전은 재도약의 발판이니까요.

세상모르고 살게 해주는 노래

린다 론스탯
〈Blue Bayou〉

피곤한 인생입니다. 요즘 저는 몸과 마음이 몹시 지쳤습니다. 처음 보는 무서운 바이러스와 각국에서 벌어지는 황당한 사건들 때문에 분노가 쌓였습니다. 어제오늘 일이 아니죠. 그렇지 않아도 골치가 아프고 짜증 나는 일이 계속 벌어지는데 어떻게 해야 할까요? 다시 우리의 평범한 일상으로 돌아갈 수 있을까요? 그럴 수 없을 것만 같은 불안과 두려움이 마음을 갉아먹습니다.

　분노는 표출의 대상을 필요로 합니다. 대상이 없으면 정말 미쳐버리죠. 피로한 국민은 서비스업에 종사하는 분들에게 짜증을 퍼붓습니다. 배려가 없는 이들은 그분들을 만만한 대상으로 여기니까요. 정신건강의학과 의사와 간호사도

표적입니다. "너는 내 돈을 부당하게 빼앗아간다. 도움이 안된다. 사기를 친다!"라는 말을 들으면 정말로 속상합니다.

사회가 혼란할수록 휴식을 하며 잠시나마 나를 보호해야 합니다. 부정적인 자극과 위험이 팽배한 세상에서 도피해야죠. 견딜 수 없어서 도망칠 수밖에 없게 만드는 부정적 감정을 상쇄하는 긍정적인 감정을 채워야 합니다. 그것도 아주 많이요.

최근 미국 정부는 현대 정신건강의학을 이끌어가는 석학들에게 해결책을 자문했습니다. 이들이 발표한 조언은 이전에 미국에서 정치적, 사회적 문제가 심각했을 때 내놓은 해법과 크게 다르지 않습니다. 'TV를 끌 것. 당분간 혼자의 힘으로 어찌 해결할 수 없는 이야기를 하지 않을 것. 마음 맞는 사람과 좋아하는 이야기를 나누고 활동을 할 것.' 누군가는 현실을 외면하는 일이라며 분노하겠죠. 하지만 제 생각도 같습니다. 이렇게 피곤할 때에는 불안과 분노를 담당하는 뇌의 부분을 잠깐 쉬게 해야 합니다.

휴식은 두 귀만으로도 가능하지요. 그래서 쉴 때 좋은 노래 한 곡을 소개합니다. 〈Blue Bayou〉입니다. 1966년 로이 오비슨이 발표했고, 1977년 린다 론스탯이 리메이크를 하

248

면서 화제가 되었죠. 딴 길로 새는 이야기이지만 저는 린다 론스탯의 사진을 중학교 1학년 때 사촌 형 집에서 처음 봤습니다. 《월간팝송》이라는 노래책에서였죠. 사진에서 린다는 단발머리로 이마를 가리고 큰 눈으로 '난 아무것도 몰라요!'라고 말하는 듯했습니다. 당장 보호 본능을 느꼈죠. 나중에 가서야 보호 본능을 유발하는 사람의 해악을 알게 되었습니다. 남자아이가 그런 슈퍼히어로가 되는 환상만 품지 않는다면 비교적 성공적인 삶을 살 수 있죠.

〈Blue Bayou〉는 '푸른 포구'라는 뜻입니다. 지금은 고향을 떠나 고생만 하는 외로운 처지지만 언젠가 푸른 바다가 보이는 고향 포구로 돌아가서 낮잠을 실컷 자고 친구들과 낚시를 하면서 느긋한 삶을 살겠다는 노래죠. 〈Blue Bayou〉의 베이스를 잘 들어보세요. 느긋한 파도가 저 멀리서 '쏴와아~' 하며 천천히 밀려오는 리듬입니다. 엄마가 아기를 안고 흔들며 잠재울 때의 리듬과도 닮았습니다.

마음이 복잡할 때는 세상모르고 살게 해주는 노래가 필요합니다. 노래를 들으며 쉬어보세요. 지치지 않을 수 있고 이성적이고 논리적인 판단에 근거한 언행으로 내 앞에 닥친 문제를 해결할 힘을 얻을 수 있을 테니까요.

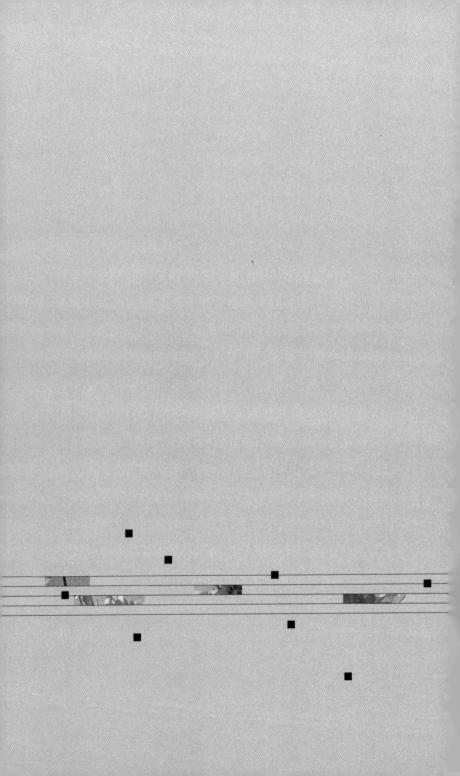

PART 5

인생을
공부하는 시간

단 한 번 사는 인생,
스웨그 한번 해봐야 하지 않겠니?

삶은 늘 새로운 시작

자이언티
〈양화대교〉

아이는 늘 혼자입니다. 아빠와 엄마는 일하러 나가고, 누나들은 학교에서 늦게 돌아옵니다. 함께 놀던 친구들이 엄마의 고함에 이끌려 집으로 돌아가고, 혼자 남겨진 아이는 아빠에게 전화합니다. 택시를 운전하시는 아빠는 늘 따스한 음성으로 "아들, 심심해? 아빠가 과자 사 갈게. 지금 어디냐고? 양화대교!"라고 말합니다. 외로운 아들의 마음을 알고 미안해하는 거죠.

엄마에게 "100원만" 하면 돈 대신 잔소리만 잔뜩 돌아오는데, 아빠는 씩 웃으면서 당신의 외투 주머니를 가리킵니다. 거기에는 별사탕, 라면땅 같은 동네 슈퍼에서 샀을 과자가 들어 있죠. 아빠를 쳐다보지도 않고 뭐라 핀잔하는 엄마에게 아빠는 말합니다. "여보, 우리 즐겁게 살자. 웃으면서… 건강도 좀 챙기고. 힘들어도 이렇게 함께 있으니 축복 아니오?"

〈양화대교〉에는 삶의 피로가 담겨 있습니다. 침울한 피로가 아닌 따뜻한 피로죠. 별로 잘난 것 없는 보통의 아버지와 어머니가 가족을 위해 최선을 다하며 느끼는 가족애의 피로입니다. 실제로 자이언티가 무명 시절이었을 때, 택시 운전사였던 그의 아버지는 양화대교를 자주 오갔다고 합니다. 공연장에 데려다준 적도 많고요. 그는 "아버지처럼 자상한 아빠이자 남편이 되고 싶다"고 말하기도 했지요.

　〈양화대교〉의 2절은 아들이 인생의 짐을 기꺼이 이어받는 모습을 그립니다. 인생의 짐을 호기롭게 어깨 위에 턱 하고 올려놓았는데, '우와, 이거 정말 만만치 않구나' 하고 깜짝 놀라는 아들의 얼굴이 연상됩니다. 물론 겉으로는 "걱정 붙들어 매세요!" 하고 부모를 안심시키죠. 아들은 아버지가 그랬듯이 "우리 즐겁게 웃으며 살아요. 건강도 좀 챙기시고요. 힘들어도 이렇게 함께 있으니 축복 아닌가요?" 하고 어머니를 위로하죠.

프리드리히 니체가 떠오릅니다. 니체는 삶을 '영원한 순환'

이라고 했죠. 우리의 삶은 결국 거기서 거기인 나날의 반복이기에 권태롭고 고통스럽다는 뜻입니다. 니체는 무의미와 고통을 극복하기 위해 초인이 되자고 하죠. 삶이 똑같은 일상의 영원한 반복임을 수긍하고, 이전보다 이번에는 조금 더 잘 해보려고 "좋아, 한 번 더!"라고 외치며 스스로 사랑할 수 있는 운명을 만들자는 겁니다. 정해진 규칙과 의무 때문에 어쩔 수 없이 무거운 짐을 지고 가는 낙타가 아니라 고정관념을 거부하는 사자처럼, 호기심과 열정을 품고 놀이에 푹 빠진 어린아이처럼 '자유의지'에서 비롯된 자유롭고 창조적인 삶을 살자는 것이죠.

도전과 창조를 함께 나누는 사람이 곁에 있다면 금상첨화겠지요. 그들과 함께할 수 있음에 감사하며 엇비슷해도 더 나은 새로운 하루를 맞이해야겠습니다. 자라투스트라가 어떤 말을 했는지 몰라도 이리저리 따져보면 갈 길은 빤합니다. 사람들은 니체가 윤리를 거부했다고 오해하지만 사실 니체는 더 성숙한 윤리를 말합니다. 처벌을 피하기 위한 혹은 평등해지기 위한 규칙의 준수가 아니라 좀 더 나은 자신과 세상을 위해 자발적인 노력을 하자는 것이니까요.

자이언티의 아버지에게는 양화대교가, 무용수에게는 연습실이, 정비사에게는 지하철이 익숙하면서 만감이 교차하는 장소겠죠. 우리에게도 삶의 무게와 피로를 확인하는 장소가 있습니다. 그 장소를 지나며 자신과 비슷한 길을 걸었던 부모님이 이런 기분이셨겠구나 하고 느끼겠지요. 저도 그러합니다. 정말 잘 할 줄 알았는데 늘 비틀거립니다. 정말 잘 하고 싶은데 한참 모자랍니다. 하지만 어쩌겠습니까. 다시 시작해야죠. 시간이 흐르면 우리의 아이들도 그러하겠죠. 결론은 늘 담백합니다. 그때까지 우리 모두 아프지 않고 서로 감사하며 행복하기를 바랍니다.

지금 내 나이는 봄이다

🎵

사이먼&가펑클
〈April Come She Will〉

냇물이 봄비로 넘실거리는 봄에는 마음이 설레고 생각이 많아지죠. 봄맞이 집 청소를 하고 문득 거울을 보는데 깊어진 주름에 눈길이 갑니다. 세월은 거스를 수 없나봅니다. 세월의 흔적을 지우고 싶어서 피부과를 찾는 사람들도 늘어납니다. 시간이 너무 빨리 흘러간다고 느낄 때면 문득 쓸쓸하고 외로워집니다. 시간을 붙잡을 수는 없을까요. 싱숭생숭한 날에는 〈April Come She Will〉을 듣습니다.

영국의 록 그룹 '레드 제플린'의 〈Stairway to Heaven〉과 함께 기타를 좀 치는 사람이라는 자격증으로 통용되던 스리핑거°의 전주가, 얼어붙었던 냇물이 녹아 졸졸 흐르는 초봄의 풍경을 그려줍니다. 사이먼과 가펑클의 담백한 화음이 전주를 이어받아 계절과 인생의 흐름에 따라 변하는 사랑과 삶의 모습을 꽃이 피고 지는 모습으로 짧고 깊게 묘사하죠.

'초봄에 그녀는 봉오리처럼 내게 다가오고, 완전한 봄이 되면 그녀와 나의 사랑이 꽃처럼 만발하고, 여름에 그 꽃잎들이 힘을 잃기 시작해서 바람에 휘날리고, 차가운 바람이 불기 시작하는 가을이 오면 그녀가 내 곁을 떠날 것이고, 나 혼자 그녀와의 사랑을 추억할 것'이라고.

어릴 땐 시간이 참 더뎠는데, 나이 들수록 시간이 빨리 흘러삽니다. 이제는 시간이 쏜살같죠. 실제로 시간은 나이가 들수록 빠르게 갑니다. 뇌의학적, 심리학적인 근거들도 있죠.

먼저 뇌의 정보전달 속도와 생체시계 속도는 나이가 들수록 느려집니다. 어릴 때는 그 속도가 너무 빨라서 세상이 느린 화면처럼 느껴지지만, 나이가 들수록 정보 처리 속도가 느려져서 상대적으로 세상이 빠르게 느껴지죠. 정보를 통합하는 신경회로는 도파민이 조절하는데, 나이가 들수록

○   기타를 칠 때, 오른손의 엄지·검지·중지만을 사용하는 연주법.

도파민의 분비량과 반응이 감소합니다. 뇌의 속도가 느려지니까 반대로 세상은 빨라지죠. 실제로 도파민계의 각성제는 전달 속도를 올려서 시간이 느리게 흐른다는, 도파민을 억제하는 조현증 치료제는 시간이 빨리 흐른다는 착각을 유발합니다.

나이가 들수록 기억의 양이 주는 것도 한 가지 이유입니다. 어릴 땐 모든 것이 새로워서 기억해야 할 것들이 많지만, 나이가 들어 반복된 일상을 거듭하다 보면 기억해야 할 정보의 양이 점차 줄어드는 거죠. 기억할 게 적어지면 시간은 빠르게 흐릅니다. 낯선 길을 갈 땐 멀지만 돌아올 땐 가까운 것처럼 말입니다. 또 열 살 때의 1년은 인생의 10분의 1이지만 쉰 살에게 1년은 50분의 1이죠. 일정 시간의 비율은 나이가 들수록 상대적으로 낮아지기에, 시간은 상대적으로 짧게 느껴집니다.

마지막은 우리의 안녕을 갉아먹는 가장 큰 이유, 불안 때문입니다. 나이가 들수록 책임도 커지고 한계에 직면할 때도 많아집니다. 삶의 불편함을 설명하기 위한 의미를 찾지만 살수록 걱정은 늘어가고 의미는 늘 모호하죠.

시간의 흐름을 늦추고 그 시간을 봄비로 넘실거리는 냇물처럼 풍요롭게 만들려면, 먼저 신체 나이가 아닌 계절의 나이를 살아야 합니다. 봄을 느끼지만 말고 봄을 살아야 합니다. 봄에 걸맞은 생활을 해야 하죠. 세월을 핑계 삼지 말고 조급해하지 말고, 새로운 자극과 목적을 찾아 도전해야 합니다. 용기가 필요한 일이죠.

활력 있고 보람된 생활을 하면 느려졌던 뇌의 정보전달 속도가 빨라집니다. 다시 젊어질 필요는 없어도, 삶을 음미할 필요는 있죠. 부정적인 경험 탓에 회의가 앞설 수도 있습니다. 하지만 "산은 산이고 물은 물이로다"라는 큰스님의 말씀처럼, 왜곡되지 않은 눈으로 현실을 직시하면서 '지금, 이 순간'을 살 수 있다면 우리의 뇌와 가슴에 봄이 들어올 게 분명합니다. 시간은 점점 느려지고, 삶에 더 많은 음표와 느낌표가 생길 것입니다. 새로운 시작을 위한 봄은 어김없이 옵니다.

달달한 행복을 그리는 착각

김수철
〈젊은 그대〉

〈젊은 그대〉를 들으면 이른 봄이 떠오릅니다. 대학에 갓 입학한 신입생을 위한 오리엔테이션을 한다고 추운 야외극장에 여드름쟁이 아이들을 모아놓고 한쪽에서는 응원가를 가르치고 다른 한쪽에서는 의식화 교육을 하던 그 계절 말입니다.

1982년 대학생이 된 저는 지난 20년 동안 의식 없이 헛살아왔다는 사실을 선배를 통해 알게 되었죠. 그런데 시간이 흐르면서 그 의식이 저와 별로 맞지 않는다는 사실 또한 깨달았습니다. 분노와 열정을 쏟아야 하는데 저에게는 그런 것들이 그리 많지 않았으니까요. 저와는 참 다른 어법으로 윽박지르는 듯한 세미나는 재미없었습니다. 하지만 헤겔의

'정반합'은 흥미로웠죠. 그때의 경험이 아직도 제 삶의 나침반 중 하나입니다.

정반합 개념은 청년들에게 유용합니다. 기성세대, 기존의 틀, 질서를 거부하고 비판하기에 이만한 도구가 없죠. 하지만 개념과 의미를 삶에서 합리적으로 적용하기는 매우 어렵습니다. 국가의 중대한 문제뿐만 아니라 집안의 사소한 문제도 논리적으로 해결할 수 없을 때가 많으니까요.

공동체를 위한다는 명분 아래 행해지는 억압과 강요를 부정하는 삶, 누구에게도 의존하지 않는 자유로운 삶을 살려면 모두 성숙한 어른이 되어야 합니다. 그래야 헤겔이 말하는 이상적인 사회에 도달할 수 있죠. 그런데 이 세상은 그렇지 못합니다. 어른은 어른답지 못하고, 어린 사람은 자신이 다 컸다고 말하며 억압하거나 강요하지 말라고 두 눈을 부릅뜹니다.

내가 부족하고 모자란 사실을 알고, 남의 티끌보다 나의 들보를 봐야 합니다. 그것이 어렵다면 적어도 서로의 처지를 바꿔 생각해볼 줄 알아야겠죠. 한발 더 나아가 내가 받고 싶은 만큼 남에게 베풀어줄 정도로 성숙해져야 하는데 그것이 참 쉽지 않습니다.

그래도 대학생 때는 서로의 처지를 바꾸어 생각하는 것

이 가능하다고 여겼습니다. 그때 우리는 햇볕처럼 뜨거웠고, 이제 막 잠에서 깨어나 의식을 찾았고, 사랑스러웠으니까요. 물론 저를 사랑스럽게 생각한 사람은 저희 부모님 말고는 없었지만요. 그래도 〈젊은 그대〉를 부르며 생판 처음 보는 또래 여자아이와 어깨동무를 하고 발을 구르고 있었을 때 그녀가 저를 좋게 봐줄지도 모른다는 착각을 했죠.

가만히 살펴보면 20대의 나와 50대의 나는 크게 다르지 않습니다. 에나 지금이나 저는 자유보다 연결, 화합, 사랑을 더 원하고, 그런 비이성적인 달달한 것들이 행복을 가져다줄 거라고 믿고 있으니까요. 그런 달달한 것들을 애착이론에서는 따뜻함, 일관성, 민감성, 관계개선능력이라고 합니다. 좋은 부모, 좋은 친구, 좋은 선생님, 좋은 지도자가 되기 위한 조건이죠.

인생은 평탄하지 않은 들판을 걸어가고 뛰어가는 것과 같습니다. 하지만 저는 조금만 더 힘을 내서 언덕만 넘어가면 나와 가족과 나를 둘러싼 사람을 위한 밝은 빛이 기다리고 있을 거라고 믿습니다. 아니면 또 어떻습니까. 밑져봐야 본전이죠.

책임지고 살자는 반성

최희준
〈하숙생〉

중년이라면 대부분 아는 〈하숙생〉의 도입부는 허무주의자의 녹백 혹은 패배자의 넋두리로 시작합니다. 하지만 저는 이 노랫말이 지독한 실존주의자의 혹독한 자기반성으로 들립니다. 똑같은 현상과 이야기지만 해석이 전혀 달라질 수 있죠. 인간은 보고 싶거나 아는 것을 보려는 경향이 매우 강합니다. 뇌가 그렇게 프로그램되었죠.

왜 사는 걸까요. 과거에는 신이 존재의 의미를 부여해줬습니다. 그러나 신을 밀어내고 그 자리에 앉는 인간이 생겨났습니다. 인간은 행복의 필수 전제 조건인 자유를 나름 얻었는데 의미를 창출하는 능력이 그리 나아지지 않았고 행복

해지기는커녕 지루하고 불안하고 허무해졌죠. 거기서 실존
주의가 탄생했습니다. 수요가 있으면 그 요구를 충족하는
물건을 팔려는 사람들이 있습니다. 그런데 실존주의를 설파
하는 사람의 생각은 다소 웃깁니다. 고심하여 가장 합리적
이고 이성적인 삶의 의미를 제시했는데 그게 대중이 원하
는 답이 아니었으니까요.

삶의 의미는 본래 부여된 것이 아니지요. 제가 이해한 바
로 말하지면 실존주의는 '인간은 던져진 존재니까 스스로
존재의 양식을 만들고 결정해서 실제로 존재해보라'고 합
니다. 타고난 특성과 얻어진 관심으로 설정된 목적을 달성
하기 위해 현실적인 세상을 만들면서 사는 것처럼 살아보
라, 즉 실존하라는 것입니다.

그런데 여기에 심각한 제한점이 있습니다. 말도 안 되는
환상이나 불행한 과거에서 비롯된 과도한 기대를 버려야
합니다. 인간이 피할 수 없는 한계를 인식하면서, 나라는 사
람의 상태를 객관적으로 직시하면서 내가 원하는 삶과 타
인에게 도움이 되는 삶을 살아야 합니다. 자신의 선택에 전
적으로 책임을 지고 오늘 죽는 사람처럼 살아야 합니다.

아, 참 힘든 일입니다. 누군가 가르쳐주고 이끌어주기를
원했는데, 스스로 깨닫고 능동적으로 윤리적인 선택을 하고
그것을 실현하기 위해 죽을 듯이 노력하고 그 결과를 스스

로 책임지라니요.

불행하게도 사람들은 자유를 원하지만 책임은 지려고 하지 않습니다. 그래서 철학은 이성적으로 가장 옳은 말을 한 뒤 급격하게 인기를 잃었죠. 철학자님들, 제가 잘못 파악했다면 죄송합니다.

정신치료도 마찬가지입니다. 처음에는 당신이 고통받는 충분한 이유가 있다고 감정적 동조를 합니다. 하지만 결국에는 환상을 버리고, 한계를 수긍하고, 그래도 남은 것들을 가지고 더 나은 현실을 만들어가자고 격려하죠. 어쩔 줄 몰라 하거나 투덜거리는 어린아이로 살지 말고, 능동적인 결정을 하고 책임을 지는 어른이 되자는 것입니다.

〈하숙생〉 2절의 노랫말은 김국환 씨가 노래한 〈타타타〉의 아버지 격입니다. '맨몸으로 세상에 나와서 먹고 입고 사니 괜찮지 않냐'라는 위로보다 더 솔직하게 인생을 보죠. '무일푼으로 왔다가 다 내려놓고 가는 것'이라고요. 부와 명예 같은 허상에 집착하지 말고 뭣이 중한지를 잊지 않고 오늘이 마지막 날인 것처럼 능동적으로 원하는 삶을 만들고 책임지자는 이야기입니다. 어려운 일이죠. 그냥 이렇게 힘들게 살지 않고 그냥 누가 나를 이끌어줬으면 좋겠습니다.

앞길이 막막한 너에게

조동진
〈나뭇잎 사이로〉

초가을 밤입니다. 푸르스름한 가로등 불빛이 나무 잎사귀 사이로 흘러나와 그녀를 비춥니다. 그 불빛이 서늘한 바람에 흔들리며 그녀의 모습을 숨겼다가 보여줍니다. 그녀가 그를 사랑한다고 말합니다. 그는 고개를 들어 하늘을 바라봅니다. 그의 마음처럼 어둡고 답답합니다. 그녀가 보는 그는 그녀의 환상일 뿐입니다. 그의 마음은 양쪽으로 나뉘고 그는 그녀에게 어떤 말을 해줘야 할지 고민입니다. 언젠가 그녀가 실망할 텐데 괜찮은지 묻는 쪽, 힘든 현실이지만 곁에 있어달라는 쪽, 어느 쪽이든 두렵습니다.

혼잣말하듯 그녀에게 그가 말합니다. "우리 사랑은 쉽지 않구나." 그녀는 추운 듯 어깨를 움츠리며 그의 어깨에 머리

를 기댑니다. 그녀의 온기가 전해집니다. 그는 그녀에게 고
맙고 미안합니다. 이렇게 자연스럽게 찾아오는 바람처럼 살
며 사랑하고 싶은데 그는 왜 이렇게 길을 헤매고 힘들게 살
며 불안한 사랑을 하는 것일까요?

조동진 씨가 부른 〈나뭇잎 사이로〉를 들으며 두 남녀의
모습을 떠올려보았습니다. 〈나뭇잎 사이로〉는 어려운 삶을
어떻게 살 것인지 물으며 해답을 후렴구에서 시적으로 제
시합니다.

'어떻게 살아야 할까'라는 문제에 대해 고민할 때 저는 삶
을 X, Y, Z축에서 계속 꿈틀거리는 하나의 점으로 생각합니
다. 인간의 긍정적인 감정은 사랑하는 사람과의 애착, 사회
적 인정과 성취, 개인적 깨달음으로 인한 의미 확인에서 옵
니다. 우리가 가장 분노하는 이유도 비슷하죠. 애착 대상에
게 비난받고 거부당하거나 사회적 가치를 무시당하거나 믿
음, 철학, 신념을 부정당할 때 인간은 몹시 성을 냅니다.

X축을 애착 관계, Y축을 사회적 가치, Z축을 믿음, 윤리,
철학으로 생각해보죠. 세 가지 측면 모두 +에 있어서 나의
삶이 10점 만점에 '8, 4, 5' 정도에 위치한다면 좋겠죠? 참고
로 저는 '0, 0, 0'을 목표로 합니다. 그것도 무척 어렵습니다.
Z축은 무시해도 좋습니다. X, Y축의 평면적인 삶도 잘 살기

가 무척 힘드니까요. 또 사랑과 성취를 얻는 데 성공하면 믿음, 윤리, 철학은 저절로 따라오곤 하니까요. 그리고《성경》말씀처럼 그중의 제일은 X축, 즉 사랑입니다.

삶을 X, Y, Z축으로 분류하고, X, Y, Z축에서 자신의 위치와 현실을 확인하고 도달하고 싶은 위치나 상태를 객관적으로 잠정 지정합니다. 거기에 도달하려면 무엇을 해야 하는지, 어떻게 걸림돌을 없애거나 피해갈 것인지에 대한 계획을 세웁니다. 그 계획들을 인내하며 실행에 옮길 때 실력은 늘고, 사랑과 인정을 받고, 사랑과 인정에 힘입어 자신감이 향상되고, 더 좋은 판단과 계획을 할 수 있게 됩니다.

자기 심리학으로 유명한 마이클 바슈가 정리한 '발전의 주기'입니다. 어떻게 해야 하는지 알지만 실행에 옮기지 못한다면 그것은 사랑과 인정을 줄 안정적인 대상이 부재하기 때문입니다.

조동진 씨의 노래는 대체로 우울합니다. 그러나 절망하는 노래는 아닙니다. 대부분 '너'에게 하는 이야기이고, '너'라는 대상과의 연결을 꽉 움켜쥐고 있죠. 달리 말하자면 희망을 움켜쥐는 것입니다. 대상이 있어야 사랑도 발전도 의미도 행복도 가능해지니까요.

영감을 주는 사람

🎵

시카고
⟨You're the Inspiration⟩

9월 2일은 정신건강의학의 큰 스승이신 존 볼비(1907~1990)의 기일입니다. 1990년에 타계한 볼비는 애착이론을 창시한 정신의학자입니다. 저는 한 번도 그를 만나보지 못했지만 제 일과 삶을 이해하는 데 초석이 되어준 분이기에 존경합니다.

볼비 이전까지 정신건강의학은 인간의 정신적 동기와 병리를 성욕, 무의식, 초자아 같은 모호한 개념들로 이해하려고 애썼지만 만족스럽게 설명할 수 없었죠. 볼비는 제2차 세계대전 이후 부모를 잃은 아이들이 수용소에서 자라며 정서적, 행동적 문제를 보이는 것을 보고 인간이 성장할 때 안정적인 지지 기반이 얼마나 중요한지를 깨달았습니다. 이를 기초로 '건강하고 성숙한 부모 혹은 1차 양육자가 건강하고 안정적인 아이들을 키워낸다'는 원칙을 학문적인 이론으로 정립했습니다. 오늘날 정신건강의학의 기본이 되는 '애착이론'의 시작이었죠.

볼비는 좋은 부모의 조건을 찾기 위해 연구를 거듭했습니다. 따뜻한 부모, 일관적인 부모, 아이가 보내는 신호를 잘 파악하고 그 신호에 적절하게 반응하는 부모, 관계 개선을 잘하는 부모가 좋은 부모라는 결론을 얻었습니다. 사랑이 많고 화를 잘 조절하며 상대방의 상태를 잘 파악하고 도와주려는 성숙한 어른을 말하죠. 다 아는 사실을 행동 통계를 통해 어렵게 재확인한 것입니다. 인간은 자신을 진심으로 사랑해주고 이해해주고 나를 위해 최선을 다하는 부모를 보며 사랑과 신뢰를 얻고, 삶의 기쁨을 알고, 삶과 타인 그리고 세상에 대해 긍정적인 예상을 하게 됩니다. 이런 세계관과 기쁨을 실천하며 다음 세대에게 보여주고 물려주죠.

반면 무관심하거나 비판적이고 성취를 강요하는 불안정한 양육 속에서 자란 아이들은 자기애적 방어기제를 사용합니다. 자신이 쓸모없거나 사랑받을 자격이 없지 않다고 믿으려는 것이죠. 자신의 가치를 지키기 위해서는 자신의 가치를 과장하고 편 가르기를 하고 상대방을 무시하고 경멸하는 흑백논리가 가장 효과적이라고 생각하기도 합니다. 그런 유아적인 방어법을 어른이 돼서도 사용하는 사람이 자기애적 성격장애자입니다. 드러내놓고 잘난 척을 하지 않아도 과도한 윤리적 우월감을 갖거나 권위에 대해 과도한 반감을 표시하거나 같은 일에 대한 자신과 상대방의 판단이 크게 다른 점도 자기애적 성향을 암시합니다.

자신을 건강하게 사랑하고 보호하려면 안정적인 애착이 필요합니다. 만일 그것이 부족하다면 다시 신뢰하고 존경하고 의지하고 도움과 가르침과 인정을 받을 수 있는 누군가와 연결돼야 합니다. 또 나 자신도 어리고 부족한 누군가에게 그러한 역할을 해야 하죠. 이 세상을 구하기 위한 짐을 내려놓고 자신과 가족을 위한 진정한 삶의 짐을 져야 하는 것입니다. 삶의 긍정적인 영감을 받고 그 마음을 전달해야 하는 것이죠.

'당신은 내 삶의 의미이고 나에게 영감을 주는 사람입니다!'라는 고백은 정말 하기 힘듭니다. 아부 같고 유치하고 오글거리죠. '시카고'의 보컬 피터 서테라가 작곡한 노래 〈You're the Inspiration〉은 그런 속마음을 용감하게 전달하는 노래입니다. 때로는 존경과 감사를 말로 표현할 때 세상은 더 아름다워지죠. 핏대를 올리며 비판하기보다 볼비

선생님 말씀처럼 따뜻하고 일관적이고 사려 깊게 반응한다면 진심으로 존경받을 수 있고 이 세상은 좀 더 좋은 곳이 될 것입니다.

인생의 스승이 있어야

김민기
〈아하 누가 그렇게〉

〈아하 누가 그렇게〉는 동요 〈푸른 하늘 은하수〉에 기초를
둡니다. 어릴 때 푸른 하늘과 은하수가 있다고 배웠는데 실
제로 본 적은 없고, 한번쯤 보고 싶은데 본래 없는지 모르겠
다고 토로하는 노래죠. 그래서 누군가가 푸른 하늘과 은하
수도 보여주면 참 좋겠다고 부탁하는 이야기입니다. 아마
김민기 씨는 자신을 이끌어줄 스승이 필요하다는 속마음을
이야기한 것이 아닐까 싶습니다.

어른들은 요즘 아이들이 우리 때처럼 열정을 가지고 배
우려 하지 않는다고 혀를 차고, 아이들은 존경하고 따를 수
있는 스승이 없어서 답답하다고 합니다. 〈아하 누가 그렇
게〉는 1971년에 발표되었는데 그때도 마찬가지였던 모양

입니다. 5천 년 전 피라미드의 벽면에도 요즘 젊은이들이 나태하다는 상형문자가 새겨져 있고, 플라톤도 '요즘 젊은이들은 연장자를 존경하지 않고 부모에게 반항한다. 법률을 무시하고 망상에 빠져 도덕심이 없다'고 한탄했죠. 예나 지금이나 어른들의 눈에는 '요즘 젊은것들'이 한심하고, 젊은이들에게는 위 세대가 '꼰대'처럼 느껴집니다. 세대 간에 화합하려면 소통과 신뢰가 필요하고, 개구리가 되면 올챙이 시절을 잊지 말아야 합니다.

어른이라고 해도 세상에 통달한 신은 아니죠. 아이들은 지혜를 전해줄 누군가가 절실하고요. 꼭 학교 선생님이 아니더라도 인생의 스승은 필요합니다. 인간은 긍정적인 대상과 관계를 맺으며 발전하니까요. 스승이 아직 없다면 지금이라도 만나야 합니다. '무선생 자통無先生 自通'은 착각이고 아집일 뿐입니다. 새로운 세상을 열어주고 사는 기준을 제시해주는 참된 선생님을 만난다면 행운입니다. 하지만 그런 행운은 극소수에게만 허락되고 우리는 늘 그러하듯 최선보다 차선에 만족하며 살죠.

환자가 의사를 긍정적인 대상으로 받아줄 때 비로소 정신건강의학과 의사도 환자를 치료하는 기회를 얻게 됩니다. 환자 자신에게 부족한 부분, 부모와 선생님의 역할이 왜곡된 부분을 보충하거나 수정할 수 있게 허락해주는 것이죠. 이를 긍정적인 전이라고 합니다.

전이는 세 단계를 거쳐 발전합니다. 먼저 '이 사람은 매우 좋은 사람이고 내 편'이라고 판단하며 관계를 맺습니다. 그 다음 '이 사람은 현명하고 훌륭한 사람이다. 이 사람 말을 들으면 득이 된다'고 대상을 믿으면서 관계가 깊어집니다. 전이의 이상화 단계죠. 마지막으로 그 대상에게 인정받고 싶고 그 대상처럼 되고 싶어 하며 발전적인 행동을 합니다.

발전의 동기는 사랑과 같습니다. 발전적인 관계가 형성된 당시에는 마치 첫사랑에 빠진 듯한 상태가 되죠. 인정받고 닮고 싶은 대상을 가장 현명하고 이상적인 인간으로 인식하게 됩니다. 그럴 때 가장 급진적인 발전과 변화가 일어나고, 잠시 푸른 하늘과 은하수를 보게 되죠.

물론 현실적으로 이상적인 대상은 존재하지 않습니다. 완벽한 인간은 없으니까요. 이상화와 인정의 환상도 그리 오래가지 않습니다. 그러나 불같은 사랑에 빠졌다가 정신을 차린 뒤 안정적이고 성숙한 사랑을 하는 것처럼 콩깍지가 벗겨져도 대상을 통해 얻은 발전과 변화는 몸과 마음에 남고 서서히 내면화됩니다.

참! 김민기 씨는 저의 음악 선생님이자 어린 시절 저의 영웅이었습니다. 직접 가르침을 받지는 못했지만 선생님의 노래를 들으며 노래 공부를 했죠. 노래 외에도 참 많은 것을 배웠습니다. 열정적으로 그를 이상화하며 닮고 싶어 하던 시절은 지나갔지만 제 마음속에 선생님은 늘 고마운 분입니다. 선생님, 감사합니다. 본받고 싶은 스승이 있어서 제 노래 인생이 풍요로웠습니다.

인생은 모험, 일어나 노래해

리 앤 워맥
〈I Hope You Dance〉

딸아, 중간고사 기간이라 많이 힘들지? 밤늦게까지 공부하는 너의 모습에서 아빠의 고교 시절을 본단다. 불안하고 외롭고 자책하다가 억울해서 고함을 치고 싶던 밤의 연속이었지. 어린아이였던 네가 벌써 자라서 고통스러운 밤을 견뎌내고 있구나. 미안하고 대견하고 사랑한다.

인간이 발전하기 위한 가장 크고 보편적인 동기는 자랑스러운 아들딸이 되고 싶은 마음에서 비롯한단다. 사랑하는 사람을 기쁘게 해주고 그들에게 인정받고 싶은 마음이지. 어려움을 인내하고 극복하고 발전하게 하는 가장 큰 힘은 사랑이란다. 또 다른 발전의 힘은 존경하고 닮고 싶은 누군가처럼 되고 싶은 마음이야. 네 나이에 그런 대상이 있다면 축복이지. 경쟁에서 이겨 가치를 확인하고 싶거나 성공적이고 안정적인 삶을 살고 싶은 얄팍한 동기는 어려움 앞에서 큰 힘을 발휘하지 못해.

비난받기 싫거나 처벌받기 두려운 마음, 아무도 도와주지 않아서 혼자 살아남기 위한 노력, 잘돼서 나를 무시했던 사람에게 복수하고 싶은 감정 같은 부정적인 동기도 발전의 원동력이지만 부정적인 동기로 무언가를 성취한들 오래도록 행복하지는 않아. 내가 원해서 결정한 삶이 아니며 사랑하는 사람들을 위한 삶도 아니니까. 네가 부정적인 동기로 열심히 공부하는 것 같지는 않으니 다행이고 고맙단다. 엄마, 아빠를 존경하는지는 모르지만 노력하는 너의 모습은 우리를 사랑한다는 증거겠지.

자기 통제력은 장기적이고 큰 목표를 달성하기 위해 충동적인 욕구를 자제하고 즉각적인 즐거움과 만족을 지연시키는 능력이란다. 더 큰 만족을 위해 참는 인내력이지. 자기 통제력은 유혹에 저항하는 능력, 만족을 지연시키는 능력, 충동을 억제하는 능력을 아우르는 것이야.

유혹에 저항하는 능력은 네가 휴대폰을 자발적으로 '공신폰'° 으로 바꾼 것처럼 유혹과 거리를 두는 '자기이탈' 전략과 유혹에 빠지지 말자고 스스로를 타이르는 언어적 '자기

교시' 전략을 통해 향상된단다. 유혹에 저항해서 이기는 경험치가 쌓이면 자율성과 자신감도 함께 높아지지.

만족을 뒤로 미루려면 인내했을 때 더 큰 보상이 있을 것이란 믿음이 필요해. 그 믿음은 부모와 어른들이 심어주는 것이지. 참아야 하는 시간도 성숙도에 따라 조금씩 늘려나가야 하는 건데, 너를 보면 엄마, 아빠가 이 부분은 그래도 잘한 것 같아. 충동을 억제하려면 정서적으로 안정돼야 하고 신중하게 생각하는 지혜가 있어야 하지. 네가 그런 능력을 잘 갖추어서 자랑스럽단다.

딸아, 잠시 쉴 때 〈I Hope You Dance〉를 들어보렴. 너보다 몇 년 전에 태어난 노래야. 너에게 해주고 싶은 말들이 이 노래에 있단다. 그리고 아빠는 이런 말을 해주고 싶구나. 노래할 기회가 왔을 땐, 망설이지 말고 노래해. 하고 싶은 일을 할 기회가 왔을 땐, 고민하지 말고 해봐. 시작이 두렵거나 상황이 마음에 들지 않는다고 가만히 있으면 재미없잖아. 넘어짐과 일어섬을 반복하다 보면 인생이 괜찮은 모험과 도전의 연속이란 걸 알게 될 거야. 호기심과 감사함을

○   '공부의 신 핸드폰'의 준말. 데이터를 사용할 수 없고 와이파이도 차단되어 공부에 집중할 수 있도록 돕는다.

잃지 않고, 당연한 것은 하나도 없다는 사실을 잊지 않고, 익숙한 길에서 벗어나서 더 먼 곳을 바라보며 너의 삶을 살아보렴.

그리고 함께 다짐해보자. 엄마 아빠가 너를 사랑하고 믿는 것처럼 너도 너를 믿고 용기 내어 최선을 다해 살아갈 거라고.

한 번뿐인 인생, 스웨그 해봐!

다이어 스트레이츠
⟨Sultans of Swing⟩

⟨Sultans of Swing⟩에 대해 이야기할 수 있어서 영광입니다. ⟨Sultans of Swing⟩은 이렇게 시작합니다. '디마이너Dm로 쿵다라다 작작, 이 이야기를 할까 말까 망설이다가, 라시플랫도, 솔시플랫솔미, 레미레도(젠장, 해서 뭐해? 해도 안 될 텐데).' 여기서 보편적 음계를 벗어난 시플랫은 체념 섞인 냉소조.

다음 간주에서는 똑같은 푸념을 삼도화음으로, '삐꾸'° 가 아니라 손가락으로 쳐서 심화시킨 후, '미레도, 미 미레, 솔라시플랫시?(그런데 왜 내가 윗세대의 잘못을 책임져야 해?)'라는 소심한

°   기타 칠 때 사용하는 조그만 삼각형 플라스틱 조각. 피크를 1970∼1980년대에는 삐꾸라고 불렀다.

분노를 터뜨립니다. 당시 고등학생이던 제게는 록음악의 역사를 바꿔놓았다고 평가받는 기타 리프°가 그렇게 들렸습니다.

'레드 제플린'이나 'AC/DC'의 세상을 향해 외치는 고함보다, 비를 잔뜩 맞고 우연히 들어간 술집에서 엉성한 연주를 하는 밴드를 보며 자신의 모습을 직시한다는 '다이어 스트레이츠' 리더 마크 노플러의 주절거림이 제 마음을 더 잘 대변해준다고 느낄 때부터 제 삶이 주류에 속하지 않을 것임을 알았어야 했습니다.

노플러는 분노와 절망의 멜로디에 해학적 가사를 입힙니다. 로큰롤이나 디스코를 듣고 싶어 하는 아이들 앞에서 재즈, 그것도 낡아 빠진 크레올°° 을 연주합니다. 이 밴드가 성공할 가능성은 없죠. 그런데 이들은 자신들을 '스윙 재즈의 제왕'이라 말합니다. '스웨그Swag'였을까요? 자학적 개그였을까요? 노플러는 노래에서 그들의 열정을 그려내고 있으니 전자라고 보았던 것 같습니다.

여기에서 저는 이 시대의 아이들, 저의 아이들을 생각하

° 같은 멜로디나 화음을 반복하거나 조금씩 변형시키는 기타 반주 방법.
°° Creole, 서인도 제도에 사는 유럽인과 흑인의 혼혈인들이 만든 재즈의 초기 형태.

게 됩니다. 아무리 노력해도 희망 없어 보이는, 부모와 같은 수준의 삶을 살 수 없을 것 같기에 무력해진. 당시의 노플러 나 결국 사라져갔을 '스윙의 제왕들'과 비슷한 상황에 처한 아이들 말입니다. 그리고 제 아이들에게 들려주고 싶은 말들을 생각해봤습니다.

첫째, 스윙은 좋은 음악이란다. 아빠는 스윙보단 포크와 로큰롤이 더 좋았고, 다행히 아빠가 살던 세상도 그런 걸 필요로 했어. 하지만 너희들의 세상은 무엇을 필요로 할지 모르겠구나. 옛 틀에 집착하지 않기를 바라지만 결심했다면 아주 열심히 해야 해. 그래야 잘할 수 있으니까.

둘째, 냉면을 먹을 때 달걀 먼저 먹지 마. 냉면은 면과 육수 맛의 균형을 즐기기 위해서 먹는 거잖아? 과정이 중요해. 과정에 충실해야 진정한 맛을 느낄 수 있어. 냉면이 싫으면 다른 것을 먹어.

셋째, 인생의 일부에 대해 '지금 아는 것을 그때 알았다면' 하고 후회하지 마. 먼저 알았다고 해도 결국 끝은 '스리 쿠션'°, 나에게 가장 소중한 관계들과의 정립으로 끝난단다.

° 당구에서 자기 공을 쳐서 처음 공을 치고 3회 이상 쿠션에 닿고 다음 공에 맞히는 방식.

그러니 빨리 이겨도 결과는 같아. 그리고 너희들의 인생은 너희들이 살아야 하는 거야.

넷째, 단 한 번 사는 인생, "우리가 최고야!"라는 스웨그 한번 해봐야 하지 않겠니? 스웨그를 할 수 있는 시기는 매우 짧단다. 젊은 시기의 스웨그는 죄악이 아니라 축복이야. 그만큼 최선을 다하고 있다는 거니까.

마지막으로 '우리'를 잃지 마. 공유할 수 있는 소중한 사람이 없으면 스웡도, 의미도 없는 거란다. 그리고 아빠에겐 내 생명보다 너희들이 소중하다는 것을 잊지 말아줘. 너희들도 너희의 아이들을 그렇게 사랑해야 한다는 것을. 그렇게 사랑은 계속되어야 한다는 것을.

칭찬을 잘하려면

옥상달빛
〈수고했어, 오늘도〉

봉준호 감독에게 완전히 반했습니다. 대단한 상을 많이 탔기 때문도, 멋진 영화를 선물해서도 아닙니다. 사실 제 영화 취향은 봉 감독의 스타일보다 보편적인 삶을 현실적으로 묘사한 쪽입니다. 제가 반한 이유는 봉 감독이 시상식에서 보여준 흥겹고 진솔한 태도와 감독상 수상 소감 때문입니다.

"가장 개인적인 것이 가장 창의적인 것이다"라는 당신의 문장을 가슴 깊이 각인하고 창작을 해왔다는 말. 아카데미 감독상 후보였던 영화 거장 마틴 스코세이지를 향한 진한 존경의 표현. 시상식장의 청중들은 일어나 박수를 보냈고 스코세이지 감독도 봉 감독에게 엄지를 치켜들며 축하를

했습니다. 당신이 나의 스승이자 동력이었다는 설명적 인사나 감사보다 훨씬 효과적이고 감동적이었습니다.

칭찬하거나 존경을 표할 때도 필요한 요소들이 있습니다.

가장 중요한 요소는 '진심'입니다. 준비하지 않고 있다가 즉흥적으로 한 말은 진심일 가능성이 크지만, 잘못 표현되어 제대로 전달되지 못하거나 오해를 살 수도 있죠. 봉 감독의 수상 소감도 즉흥적이었던 것 같지만, 오랫동안 마음속에서 정리되어 있던 말이 전달될 수 있는 적절한 기회를 얻었던 것 같습니다. 그만큼 많은 사람의 마음을 움직였으니 진심이겠죠.

두 번째 요소는 '디테일'입니다. 그 사람의 무엇을 칭찬하거나 존경하는지에 대한 구체적인 언급, 이왕이면 봉 감독처럼 상대와의 개인적 경험이나 숨은 특성을 인용하면 더 효과적이죠. 그것을 짧고 쉽게 말한다면 최고의 찬사가 됩니다. 역시 '봉테일'입니다.

세 번째 요소는 '태도와 타이밍'이죠. 적시적소에 따뜻하면서도 진지하게 눈을 들여다 보며 말하고, 상대방이 반응할 수 있는 여유를 줘야 합니다. 긍정적인 반응이라면 함께 기뻐하고, 시큰둥한 반응이라도 따뜻함을 잃지 않아야 진정성이 전달되죠. 봉 감독은 모든 요소를 잘 보여준 특출한 시범 사례였죠. 그랬기에 스코세이지 감독과 쿠엔틴 타란티노 감독도 매우 감동적인 반응을 보여주었습니다.

청찬은 우리의 가치를 인정해주는 것입니다. 청찬은 우리에게 기쁨을 주고, 더 노력하게 만들어서 발전하게 합니다. 하지만 우린 늘 청찬에 굶주려 있으면서도 청찬에 참 까다롭습니다. 그냥 틀에 박힌 청찬이 아니라 우리가 원했던 내용을 믿을 수 있는 방식으로 해주는 청찬을 원하니까요. '진실한 아부'를 원하는 것이죠. 그래서 청찬은 매우 어렵고 복잡한 기술입니다.

어떤 청찬은 하지 않느니만 못합니다. 엉뚱하고 두루뭉술한 청찬은 나를 이해하지도 제대로 평가하지도 못하고 있다는 반감을 불러일으킵니다. 간섭과 지시, 심지어는 사탕발림으로 속여서 이용하려는 음모로 받아들여질 수도 있죠. 직장에서도 집에서도 늘 일어나는 청찬의 역효과입니다.

또 '결과'에 집중된 청찬은 불안과 공포를 유발할 수 있습니다. 자신감이 부족한 사람들은 이번에는 다행히 자신의 부족함을 숨길 수 있었지만 다음에는 결국 들킬까봐 덜덜 떨거나 도전을 회피하게 되죠. 결과에 대한 청찬은 상대방이 그 결과에 대한 전문적인 평가를 간절하게 의뢰했을 때에만 도움이 됩니다. 그럴 땐 매우 객관적이고 구체적이면서 긍정적인 평가를 해주어야 하겠지만 그런 의뢰는 거의 없고 그런 전문성을 얻기도 힘듭니다.

그래서 칭찬은 능력과 결과보다는 과정에서 보여준 노력과 인내심에 대한 것일수록 더 효과적입니다. '잘했다!'보다 '고생했다!' '힘들었지?' '괜찮아!' 같은 인정과 위로와 격려의 말이 더 도움이 되죠. '사랑해!' '고마워!' '네가 좋다!' 같은 감사와 신뢰와 사랑의 감정을 진실하게 전달하려고 노력하는 쪽도 효과가 큽니다. 그러면 원래의 의도를 전달하는 일에 실패하거나 오해를 살 가능성도 작아집니다.

칭찬이 아무리 어렵다고 해도 요즘은 난관을 지혜롭고 성숙하게 잘 대처하고 다음을 준비하면서도 각자의 일상과 위치를 잘 지키고 있는 멋진 우리 국민의 노력과 인내를 칭찬하고 싶습니다. 생각이 좀 달랐지만, 아직도 다를 수 있지만, 함께 조화하려 애쓰는 우리 서로를 칭찬해주기로 해요. 옥상달빛의 〈수고했어, 오늘도〉를 떠올리며 말이죠.

옳음과 좋음이 충돌할 때

방탄소년단
〈작은 것들을 위한 시〉

'방탄소년단'의 정규 4집 《MAP OF THE SOUL : 7》은 정체성을 찾는 과정을 보여줍니다. 〈작은 것들을 위한 시〉는 소중한 사람과의 소박한 사랑과 연결이 자신의 정체성이고, 그것을 지키기 위한 노력이 삶을 지키는 진짜 힘이라고 노래하죠. 제가 이해하기로 《MAP OF THE SOUL : 7》에서 '방탄소년단'은 개인의 다양한 의미와 자유를 존중해야 한다고 주장하고 있습니다. 정체성과 독립성을 얻는 젊은 시절의 가장 기본적인 요구이자 권리입니다.

정신건강의학과 의사는 전체보다 개인의 정신적 건강과 발전, 더 나아가 개인이 가족과 친밀한 관계 속에서 안정을 얻고 유지하는 데 도움을 주는 역할을 합니다. 직업 윤리상 저는 개인의 자유와 권리를 옹호하는 쪽으로 기울 수밖에 없죠. 특히 약자에게는 더욱 그렇습니다.

어떤 정부가 등장하든 여러 정책에 대한 비판이 있고, 같은 잘못을 진영과 상황에 따라 다르게 판단하는 문제가 반복됩니다. 저는 존 롤스와 같은 평등주의적 자유주의자들이 제시하는 정의로운 정치의 우선 조건, '옳음(권리)이 좋음(선, 가치)에 우선한다'를 떠올립니다. 문재인 대통령 취임사의 핵심은 롤스가 《정의론》에서 서술한 "기회는 평등하고 과정은 공정하고 결과는 정의로울 것"이란 말이었습니다.

일상생활에서는 당연히 좋음이 옳음에 우선합니다. 우리는 법보다 관계와 정서적 교류, 윤리를 기준으로 살아가니까요. 실생활에서는 문제가 생길 때마다 함께 논의해서 공동체에 득이 되는 쪽으로 융통성 있는 결정을 내릴 수 있습니다. 이런 선한 목적을 추구하는 성숙한 윤리는 이상적이지만, 안타깝게도 가정이나 작은 공동체에서만 가능하곤 합니다. 다양한 개인의 가치가 모인 거대한 공동체인 국가는 어쩔 수 없이 공정한 법과 규칙으로 지킬 수밖에 없습니다.

보수든 진보든 통치를 하다 보면 국민 전체에게 좋은 결과를 얻는 과정에서 소수에게 피해를 주곤 합니다. 좋음이 옳음 앞에 서기 때문이죠. 파이를 더 키워서 모두 더 먹게 하려 하든, 파이가 작더라도 공평하게 나눠 먹이려 하든 선이라는 목적을 너무 앞세우면 전체주의적 통치의 길로 들어설 위험성은 높아집니다. 정의로운 사회를 만드는 목적을 추구한다면서 오히려 개인의 기본적 자유와 권리와 절차를 무시하는 일도 생깁니다.

공정은 공동체가 무엇이 옳고 그른지를 한쪽으로 치우치지 않고 동일한 비율로 다루어 결정하고 지키는 것입니다. 무조건적인 평등이 아니라 함께 정한 규칙을 모두에게 동일하게 적용하는 것이죠. 좋은 목적으로 최선을 다해도 결과는 대부분 불만족스럽기 마련입니다. 그래도 공정한 과정은 정치와 법의 힘으로 유지할 수 있습니다. 젊은이들이 분노는 과정의 공정성이 일그러져 피해를 보고 있다고 판단하기 때문이고, 정부는 이를 오해라고 하죠. 매우 민감한 문제들에 분노하고 억울해하는 사람들도 마찬가지입니다. 유일하게 의지할 수밖에 없는 공정성을 빼앗겼다고 판단하기 때문이죠.

한 사안에 대해 자신들, 더 나아가 전체를 보호하고 공동의 득을 위해 판단을 달리할 수 있습니다. 그러나 이러한 가치의 변화와 융통성은 인간의 선을 존중하거나 향상하는 목적의 도덕성을 가져야 합니다. 그래서 사회적으로 최저 수준의 약자들에게 이익을 제공하기 위한 변화여야 하죠.

권력을 지키기 위한 목적으로 하는 공정의 수정과 위반은 분노를 유발할 수밖에 없습니다. 굳이 롤스가 말하는 '원초적 입장'에서 판단하지 않더라도 피해를 본 사람들의 처지에서 생각만 해봐도 그 분노를 이해할 수 있을 것입니다.

롤스로 대표되는 평등주의적 자유주의자들의 사회적 정의에 대한 이론은 그 철학적 타당성을 널리 인정받고 있습니다. 정신건강의학과 의사의 눈으로 보면 정치철학과 법은 윤리 발달의 청소년 혹은 청년기에 속합니다. 이를 설명하려면 콜버그의 윤리 발달 단계를 알 필요가 있습니다.

콜버그는 인간의 윤리 발달 과정을 크게 세 단계로 구분하였습니다. 첫째는 어른이 정한 규칙에 복종하며 착한 아이로 인정을 받는 '인습 이전의 단계', 둘째는 청소년기를 거쳐 독립적인 인간이 되며 자신의 자유와 권리를 지키기 위해 모든 사람과 사회 전체의 자유와 권리를 지켜주는 규칙과 의무, 양심을 중요하게 여기는 '인습 수준의 단계', 셋째는 더 성숙한 어른이 되어서 나 자신을 지키기 위한 공정한 도덕과 규칙이 아니라 공동체와 전체를 위해 더 좋은 결과를 가져올 목적론적이고 융통성 있는 원리로 도덕적인 딜레마를 해결해나가는 '인습 이후 수준'이죠.

법과 공정성은 '인습 수준'의 윤리이고, 실생활에서는 법보다 성숙한 어른이 리더로서 '인습 이후 수준'의 윤리 기준을 적용하여 공동체의 여러 의견을 민주적인 과정을 통해 반영하며 약하거나 어린 사람들을 보호하는 동시에 공동체 모두에게 득이 되는 목적을 추구합니다. 그래서 '인습 이후 수준'의 윤리의 실천과 책임은 더 현명하고 힘을 가진 쪽의 몫이고, 양보도 더 성숙한 쪽이 해야 합니다.

2018년 9월 유엔이 주최한 청소년 행사에서 영어 연설문을 낭독한 '방탄소년단'의 리더 RM의 이야기가 떠오릅니다. 그는 우리의 이름은 무엇이며, 우리는 무엇에 가슴이 뛰며, 우리의 신념은 무엇인지 물었죠. 그리고 마지막에는 '나에 대한 사랑'을 이야기했습니다. 새삼 울림을 주는 목소리가 반가웠습니다. 동시대를 사는 청년들에게 사랑받는 아이돌 그룹이 '방탄소년단'처럼 자신을 사랑하며 세상에 힘이 되는 노래를 자유롭게 불러주면 좋겠습니다.

약속을 지키지 않는 뇌파

존 멜런캠프
⟨Wild Night⟩

⟨Wild Night⟩는 제가 좋아하는 싱어송라이터 밴 모리슨이 1971년 발표한 《Tupelo Honey》의 수록곡입니다. 존 멜런캠프가 1994년 리메이크해서 히트했죠. 드럼이 비트를 제시하면 베이스가 개구쟁이처럼 엉덩춤을 춥니다. 멜런캠프가 까칠한 목소리로 노래하다가 1절이 끝날 즈음 기타가 대통령의 사과처럼 한참 뒤늦게 들어오죠. 지각한 기타는 방귀 뀐 놈처럼 꼬마가 발을 콩콩 구르면서 생떼를 쓰는 것처럼 징징거립니다.

⟨Wild Night⟩의 백미는 노래가 한 절씩 끝날 때마다 반주를 딱 멈추는 것입니다. "즐겁게 춤을 추다가 그대로 멈춰라!" 하는 것처럼 말이죠. 그렇게 숨죽이고 있다가 동시에

장난스러운 리듬을 재개하면 저절로 미소가 지어집니다. 음악은 연주자들이 이런 단순한 약속을 정확하게 잘 지키는 것만으로도 큰 기쁨을 줍니다. 긴장의 고조와 기대의 설렘을 동시에 채워주는 것이죠.

진료실에서 자주 받는 질문 중 하나가 "우리 아이는 왜 약속을 안 지키죠?"입니다. 답은 자녀가 처음부터 약속을 지킬 의도가 없었기 때문이지요. 약속을 지키지 않는 사람은 약속할 때부터 거짓말을 하는 뇌파를 보입니다. 위기를 모면하고 이득을 얻기 위해 상대방을 속이려고 마음먹은 것이죠. '무언가를 해주면 공부하겠다'는 청소년이나 '곧 집에 간다'는 아버지나 남편을 떠올리면 됩니다.

인간은 윤리적인 좋은 사람으로 비치고 싶어 합니다. 그래서 덥석 지키지 못할 약속부터 합니다. 자신이 약속을 지킬 능력이 있는지 객관적으로 파악하지 않고요. 약속을 어기면 후회를 하고 자기 합리화를 하며 남을 탓합니다. 상대가 지나치게 높은 기대를 하고 강요를 한다고 말이죠. 또 약속을 지켜도 대단한 득이 없고 상대방을 잃어도 크게 손해보지 않는다고 판단할 때는 약속을 즉각 파기합니다. 약속은 아무도 모르게 자기 자신에게 할 때 지켜질 가능성이 커집니다.

논란이 많은 이야기지만, 우리나라 성인 대다수는 여전히 청소년기의 윤리 수준으로 살다 죽고, 많은 연구 결과에 따르면 한국의 부패지수는 여전히 낮습니다. 유교적 전통과 서양의 윤리가 다르기에 저평가되었다는 반론이 있죠. 그런데 제 경험으로는 제가 알고 있는 유교적 윤리를 우리나라에서 접한 지는 무척 오래되었고, 청소년기의 특징인 자기 합리화와 억울함의 포효는 매우 자주 접합니다. 제가 잘못 배웠고 나쁜 것만 선택적으로 보는 것일 수도 있지만요.

지키지 못할 약속은 하지 말아야 하고 지키지 않으려면 들키지 말아야 합니다. 제가 상담하는 아이들에게 늘 하는 말이죠. 모면하거나 당장 이득을 얻기 위해 지키지 못할 약속을 하면 더 큰 어려움과 손실을 겪게 됩니다. 약속을 어겼으면 절대로 들키지 말아야 하죠. 머리는 그럴 때 쓰라고 있는 것입니다. 하지만 들키지 않기는 매우 힘들죠. 그러니까 약속은 잘 생각하고 해야 하고 하기로 했으면 딱 해야 합니다. 그래야 〈Wild Night〉의 연주자들이 1절을 끝내고 함께 딱 쉬었다가 다시 2절을 시작하는 것처럼 중간에 멈추거나 좌충우돌하지 않고 계획한 대로 노래를 부르고 생활을 할 수 있습니다.

거짓말의 이유와 종류

김추자
〈거짓말이야〉

1970년대 초 대다수 집에는 TV가 없었습니다. 저의 동네 사람들은 주말이면 혜화동 로터리 금성사 대리점으로 몰려가서 김일의 레슬링과 후라이보이(곽규석)가 진행하는 〈쇼쇼쇼〉를 봤죠. 몸에 딱 붙는 옷을 입은 김추자가 눈을 게슴츠레하게 뜨고 "거짓말"이라고 하다가 어깨를 툭 흔들어주면 침이 꼴깍 넘어갔습니다. 너무 멋있었으니까요. 아줌마들은 "말세다~" 하면서 혀를 차셨지만 저를 포함한 남자들은 TV 속으로 들어가고 싶었죠.

거짓말은 크게 세 종류가 있습니다. 흔히 사용하며 속임수가 드러나는 적극적인 거짓말, 아는 것을 함구하는 소극적인 거짓말, 사실을 불명확하게 말해서 얼버무리는 모호한 거짓말입니다. 불리한 사실을 ○와 ×로 말하지 않고 여러 부연 설명을 해서 알쏭달쏭하게 만들어 논점을 흐려 다른 방향으로 틀어버리는 수법이죠. 정치인들이 잘 사용하는 화법입니다.

복잡한 사안일수록 사실 여부를 밝히기 어렵고 얼버무리며 시간을 끌다 보면 상황과 관심이 바뀌곤 합니다. 당장 거짓을 말하지 않고 나름대로 사실을 말했으니까 나중에 확실하게 들키지 않는 한 도덕적으로 큰 문제가 없습니다. 불리한 처지에 놓이거나 숨길 것이 있는 사람들에게는 가장 좋은 방어 수단이죠. 요즘 이런 거짓말들이 판을 치고 있습니다.

저는 진료실에서 주로 반항적인 청소년을 만납니다. 아이들은 부당한 억압과 강요로 고통을 당해 억울하고 화가 나 있죠. 대부분 무언가를 잘못했고 숨깁니다. 이런 아이들은 공부에 관심이 크지 않지만 자기방어를 위해 얼버무리거나 논점을 흐리는 기술은 발달해 있죠.

가장 흔하고 강력한 방법은 논점 자체가 아니라 '그 말을 한 대상을 공격'하는 것입니다. 부모가 옳은 말을 할 때 과거에 부모가 지은 죄를 따지죠. "당신이 그런 말을 할 자격이 있어?" 하고 쏘아붙이고 과거에 일어난 심각한 문제를 들추며 '논점 흐리기'를 시도합니다.

현안에 대해서만 말하자고 하면 아이는 더 강력한 무기인 '과도한 일반화'를 꺼냅니다. "당신은 늘 그래! 자기가 하고 싶은 말만 해!" 그러곤 마지막 비수를 꺼냅니다. "나만 그랬어? 당신도 그랬잖아?" 김추자처럼 감정을 고조시키며 반복적으로 말하면 사실도 거짓말처럼 들립니다.

똑똑한 아이들은 논쟁합니다. 억압과 강요, 악당들이 만들어놓은 부조리한 세상에 대해 비판하죠. 아이는 어른에게 그들의 의견을 증명할 과학적 근거를 요구합니다. 여기서 어른이 전통과 경험을 운운하면 백전백패입니다. 간신히 근거를 제시하면 나쁜 권력이 조작하고 왜곡한 사실이라며 부정합니다. 어차피 처음부터 권위에 대한 불신과 분노에서 시작된 논쟁이니까 아이는 명확히 의견을 주장하지 않습니다. 모호하고 추상적인 이야기를 하죠. 자신의 의견도 확실하지 않지만 어른의 의견은 더 믿을 수 없다며 '상대방의 신뢰도를 감소'시키면서 반론합니다.

어른이 할 수 있는 논리적인 말은 많습니다. 예를 들어 어떤 쪽이 인류 공영을 위해 더 효과적이고 장기적인 결과를 보장하는지에 대한 논의처럼요. 하지만 그러면 아이는 다시 논점에서 빗겨갑니다. 대상을 공격하기, 과도한 일반화, 논점 흐리기, 신뢰도 깎아내리기를 되풀이하죠. 그래서 할 수 있는 말은 많아도 소용에 닿는 말은 별로 없죠. 거기에 청소년기 사고의 주된 오류인 원인과 결과를 오해하는 연관성의 혼란, 1과 10에 동등한 무게를 두고 논리를 전개하는 가중치의 혼란, 이상화하는 인물이나 경향의 의견을 무조건 신봉하는 전문성의 무시 등이 더해집니다. 이때 대화는 말꼬투리 잡기가 되죠.

대화의 전제 조건은 신뢰입니다. 양보는 더 강하고 현명한 쪽이 해야 합니다. 약자의 양보는 굴복이나 회피에 가깝죠. 감정이 잠잠해져야 논리로 이야기를 풀 수 있습니다. 그때 비로소 사실과 거짓말을 구별할 수 있죠.

사는 것처럼 살아보기

퀸
〈Bohemian Rhapsody〉

2018년에 개봉한 영화 〈보헤미안 랩소디Bohemian Rhapsody〉
는 독창적인 음악과 화려한 퍼포먼스로 많은 사랑을 받은
록 밴드 '퀸'을 재조명했습니다. 저는 고등학생 때 꼬깃꼬깃
모은 돈으로 청계천에서 '퀸'의 불법 복제 음반들을 사 모았
던 '퀸'의 광팬입니다. '빽판(해적판)'들을 보물처럼 모시면서
노래를 외웠습니다.

'퀸'의 대표곡은 〈Bohemian Rhapsody〉입니다. 발라드,
록, 오페라를 맛깔나게 버무린 전무후무한 명곡이지요. '삶
이란 폭풍우에 쏠려가듯 결국 개인의 의지와는 관계없이
진행된다'는 이야기를 담았습니다. 삶을 이솝 우화의 '신 포
도'로 만들죠. 하지만 노래가 진행될수록 주인공의 속마음

이 드러나기 시작합니다.

주인공은 실수로 살인을 저질러 처형당하게 되었고 겁에 질렸습니다. 그는 자신을 "겁쟁이"라고, 살아남겠다고 거짓 말을 하는 "갈릴레오"라고 자학하다가 신에게 제발 "악마"에게서 자신을 구해달라고 애걸합니다. 무슨 수를 써서라도 여기서 빠져나가겠다고 다짐을 하죠. 유명한 오페라 부분의 가사는 이렇게 온탕과 냉탕을 오가는 마음을 묘사했습니다. 이 부분을 녹음하는 데만 70시간이 걸렸다고 합니다.

〈Bohemian Rhapsody〉는 아무리 노력해도 엉망진창인 현실에 대한 '절망'과 그래도 살아남아서 한번 잘 살아보겠다는 '희망'이 충돌하는 과정을 그린 노래입니다. 어느 쪽이 이길지에 대한 결정은 듣는 사람의 몫입니다. 프레디 머큐리도 "노래를 그냥 듣고 무슨 이야기를 하는지 스스로 생각해보고 판단하라"고 말했으니까요.

〈Bohemian Rhapsody〉는 메리 오스틴이라는 여성과 동거하던 머큐리가 남자와 사랑에 빠지며 겪은 심적 혼란을 그려낸 이야기라고도 합니다. 1970년대에 동성애는 큰 죄악이었죠. 그 시대에 죽은 것과 다름없이 이성애자로 살 것이냐, 사회적으로 매장당하더라도 사는 것처럼 살아볼 것이냐를 고민하는 노래죠. 끝내 머큐리는 자신의 본모습인 동성애자로 살기로 정합니다. '바람이 어느 쪽에서 불든 상관 없다'는 말은 너무 힘들어서 내뱉은 푸념이지요. 인간 대부분은 어떻게든 살아남아서 한 번만이라도 잘 살아보겠다고 발버둥을 치도록 프로그램된 존재니까요.

절망과 희망이 뒤섞인 하루하루 속에서 우리는 잘 살아남겠다고 발버둥을 칩니다. 왜 살아야 하고 어떻게 살아야 하는지를 안다면 축복이죠. 그런 축복을 받지 못한 평범한 인간이 살아남아 덤으로 잘 살기까지 하려면 어쩔 수 없이 '실존적 존재'가 돼야 합니다. 결국 삶의 의미를 모른다면 자유롭게, 전적으로 책임을 지며 자기 삶의 의미를 만들어가야 합니다. 남에게 맞춰 살지 말고 진정한 나 자신으로 살아봅시다. 그러려면 나 자신의 능력과 한계를 정확하게 파악해야겠죠? 삶은 이상이 아니라 현실이니까요.

참고로 〈Bohemian Rhapsody〉는 6분짜리 긴 노래이고, 〈Hey Jude〉는 7분이 넘는 더 긴 노래죠. 히트곡이 되려면 5분을 넘기면 안 된다는 철칙을 냅다 걷어차고 나만의 길을 가도 불후의 명곡이 될 수 있다는 걸 보여줬습니다. 머큐리가 친 피아노는 '비틀스'의 폴 매카트니가 〈Hey Jude〉를 녹음할 때 쳤던 피아노입니다. 저도 그 피아노 한 번만 쳐보고 싶네요.

현실과 환상의 균형

🎵

어스 윈드 앤드 파이어
〈Fantasy〉

〈Fantasy〉는 꿈을 포기하지 않고 사랑하고 노력하면 이룰 수 있다는 흔한 이야기를 하는 노래입니다. 꿈이 이루어진다는 보장은 없지만 그래도 어쩔 수 없죠. 현실적으로 판단하고 최선을 다하는 것 외에 방도는 없지요. 〈Fantasy〉는 '어스 윈드 앤드 파이어'의 명곡 가운데 하나죠. 연주와 멜로디가 정말 멋집니다. 음악을 좋아하시는 분은 〈Fantasy〉의 베이스와 혼 섹션이 어떻게 패턴을 변화시키며 균형을 맞추는지 들어보세요. 보편적으로 예상하는 것을 줬다가 예상하지 않거나 못했던 것을 꺼내서 놀라게 합니다. 어느 쪽도 과하지 않게 연주하며 균형을 맞추죠.

〈Fantasy〉의 백미는 마지막 50초입니다. 시끌벅적한 장터 같던 반주 위로 리드싱어 필립 베일리가 잘 풀린 냉면 면발처럼 부드럽고 쫄깃하면서도 시원한 가성을 뽑아내면 노래는 유능한 오케스트라의 연주처럼 풍성해지죠. 그럼 그때까지 자제하던 금관악기들은 멜로디의 옥타브를 쌓아 올리고 볼륨을 키우며 노래를 하늘 높이 날려 올립니다. 한 모금쯤 남은 육수를 들이켜고 난 뒤처럼 가슴이 뻥 뚫리죠.

정신치료에서 꿈과 환상은 숨겨진 마음으로 들어가는 비밀 통로입니다. 현실에서는 실현 불가능한 소망과 욕망이 충족되는 세상으로 우리를 데려다주죠. 소망과 욕망의 내용 대부분은 숨기고 부정하고 싶은 수치스러운 약점과 결핍을 만회하고 극복하는 것입니다. 사랑받지 못하고 성장한 사람은 완벽하게 의지할 수 있는 사랑을, 지배당하며 성장한 사람은 권력을, 열등감에 찌든 사람은 대단한 능력과 성취를 갈망합니다. 인정하고 싶지 않은 소망과 욕망을 용기를 가지고 직면하면 나의 갈등과 고통의 원인을 알게 되죠.

정신치료에서 드러나는 가장 흔한 환상은 '황금 판타지golden fantasy'입니다. 완벽하게 의지할 수 있는 관계를 통해 나의 모든 욕구를 충족시키고 싶은 어린아이 같은 소망이죠. 말하지 않아도 내 마음을 척척 알고 나를 완전하게 돌봐줄 특별한 누군가를 기대하는 것입니다. 그렇게 해줄 것 같은 사람이 생기면 완전한 돌봄을 요구하고 사랑을 확인하기 위해 감시하고 시험합니다. 그 사람이 잘 해주다가 조금이라도 신경을 덜 쓰거나 기대에 못 미치면 분노하고 원망하죠. 이런 환상을 가진 사람은 스스로 성장하는 데에 큰 관심이 없습니다.

누군가의 환상에 장단을 맞춰주는 사람은 슈퍼맨처럼 모든 것을 해결해주는 역할을 하고 싶은 환상을 가진 사람입니다. '오빠만 믿을게!'라는 말을 들으면 어깨에 힘이 잔뜩 들어가는 남자들이 쉽게 빠지는 함정입니다. 정치인들도 마찬가지죠. 하지만 백마 탄 왕자가 되는 건 잠시뿐이고 오랫동안 행복하게 해줄 능력이 있는 사람은 아마도 없을 겁니다.

정신치료는 이러한 과거의 상처에서 비롯된 허황된 환상을 규명하고, 그 이유를 이해하고, 과거에 얽매여 헛도는 삶을 살기보다 현실에 기반을 두고 살 수 있게 도와줍니다. 그뿐만 아니라 현실에 방해가 되지 않으며 삶의 적응력을 높이고 윤활유가 되는 환상을 가질 수 있게 도와줍니다. 인생은 현실과 환상의 균형이니까요.

위로의 말이 들리는 시기

빌리 조엘
〈Vienna〉

청년에게 '잘 하라고 하지 말고, 잘 하고 있다고 하라' 하는 요지의 광고가 있었습니다. 저는 전반부는 동의하지만 후반부는 동의하지 않습니다. 후배가 선배에게 지금 잘 하고 있는지를 물으면, 지지하는 태도는 유지하되 객관적인 평가를 해주라고 말하고 싶습니다. 위로와 격려도 따라야 하지만요.

부모나 상사가 콤플렉스 덩어리이거나 사이코가 아니라면, 자녀나 후배가 잘못하고 있을 때 답답하고 안타까워서 나름의 도움을 주겠죠. 잘 하고 있으면 흐뭇해하며 적절한 때에 칭찬할 테고요. 물론 버럭 화부터 내며 같은 비판을 반복하는 철없는 어른도 분명 많습니다. 그런 어른들 곁에 있다면 참고 견디는 것이 득일지, 빨리 벗어나 새로운 길을 찾는 것이 좋을지 잘 판단해야 합니다.

빌리 조엘의 부모는 조엘이 여덟 살 때 이혼했습니다. 아버지는 고향인 오스트리아 비엔나로 돌아가서 새로운 가정을 꾸렸죠. 조엘은 20년 만에 아버지를 찾아갔습니다. 아버지와 처음으로 가까이에서 이야기하며 비엔나 거리를 산책하다가 공원에서 여든 살쯤 되어 보이는 청소하는 할머니를 보게 됐죠. 조엘은 할머니가 일하는 현실을 안타까워했습니다. 그런데 아버지는 오히려 할머니가 훌륭하다고 하는 거였습니다. 나이가 들었어도 스스로 자신을 책임지며 타인에게 도움이 되는 일을 하고 있다면서 말이죠.

조엘은 한 방 얻어맞은 느낌이었습니다. 나이가 들면 쓸모없고, 의존적인 존재가 된다고 생각했기 때문입니다. 그래서 그전에 어떻게든 성공해야 한다는 조바심에 시달리고 있었습니다. 그런데 '나이가 들어도 자긍심을 지킬 수 있구나' '비엔나 사람처럼 살면 되겠구나'라고 생각하니, 마음이 놓였습니다. 아마 조엘이 아버지와 어색한 관계를 회복하고 긍정적인 생각을 한 듯합니다.

조엘은 아버지와 산책한 뒤 노랫말을 떠올렸습니다. 노랫말의 요지는 이렇습니다. '급하게 서두르지 않고 천천히 가도 좋다. 누구에게나 뜨거운 의지가 있다. 꿈을 꾸는 것은

좋지만 꿈이 모두 이뤄질 거라는 꿈은 깨야 한다.'

〈Vienna〉의 노랫말은 젊은 시절 조바심을 내며 좌충우돌하던 제 마음을 다독이는 조언이었습니다. 삶은 계속되기에 목표를 설정하고 꾸준히 노력해야겠죠. 아마도 이 노랫말은 한참 지나서야 겨우 만난 현명한 아버지의 목소리가 아닐까 싶습니다. 곁에 있기를 바랐으나 멀리 떨어져 있었고 그래서 더 그리웠던 아버지의 위로와 조언 말입니다.

우리에게는 부모님, 선생님, 성직자 등 의지하고 신뢰할 수 있는 어른의 음성이 필요합니다. 하지만 누군가가 좋은 이야기를 해줘도, 어릴 때는 잔소리로 들릴 뿐이죠. 저 또한 어릴 때는 뜻을 헤아릴 능력도 없었고, 잔뜩 겁에 질려 있었습니다. 충고나 조언을 받아들이려고 하지도 않았습니다. 늘 화가 나 있었으니까요.

우리는 무엇을 할 수 있는 능력을 얻어 주어진 과제를 수행할 가능성이 열리는 '근접발달영역'에 들어섰을 때 비로소 그 과제를 수행하고 싶어합니다. 또 어떤 일을 할 수밖에 없을 때 비로소 도움이 되는 음성을 들을 수 있습니다. 그전까지는 대체로 조언을 소음으로 여기는 경우가 많습니다.

자신을 믿을 수 있을 때, 타인도 믿을 수 있습니다. 그리고 사랑과 평화와 윤리는 그런 믿음에서 시작됩니다. 헛살기를 원하는 사람은 없습니다. '인생, 뭐 있어!'라고 말하지만, 인생이 의미 있기를 모두 간절히 원하니까요. 너무 조급한 마음으로 인생을 대하지 않았으면 합니다. 그리고 성공을 재촉하지 않았으면 합니다.

어서 오라, 역경이여

신디 로퍼
〈True Colors〉

겨울이 지나면 더딜지라도 어김없이 봄이 찾아옵니다. 입학, 졸업, 취직, 이직, 은퇴 등 변화의 시기는 오고 우리는 잘 적응해야 합니다. 오늘도 지구는 인정사정없이 돕니다. 이 세상은 아주 가끔만 내 마음에 들고 대부분 내 마음 같지 않습니다. 허겁지겁 쫓아가며 상황에 맞춰 살아야 하고 변화에 적응하기가 어려워 힘이 듭니다.

단지 적응만 한다면 우리의 선택권은 매우 좁아집니다. 피할 수도 없고 싸워 이길 수도 없다면 적극적으로 변화의 파도를 타서 삶을 더 긍정적이고 발전적으로 만들어야겠죠. 그래야 우리가 원하는 쪽에 가까운 삶을 살 수 있으니까요. 그러려면 바뀐 현실에 부합하는 생각과 행동의 변화가 필요합니다.

익숙함에서 벗어나는 필요조건은 지혜와 용기, 그리고 한 번뿐인 삶을 잘 살아보겠다는 열정입니다. 삶이 순탄할 때엔 누구나 지혜와 용기를 가진 것처럼 보이지만 인간의 진면모는 역경을 겪을 때 드러납니다. 삶에 대한 열정을 가진 자만이 역경 속에서 지혜와 용기를 발휘하죠.

1980년대 혜성처럼 나타난 싱어송라이터인 신디 로퍼는 어린 시절 원치 않는 변화와 고통을 심하게 겪었다고 합니다. 다섯 살 때 부모가 이혼해서 홀어머니 아래서 자랐죠. 열일곱 살 때 집을 떠나서 도시를 헤맸고 노래를 부르기 시작합니다. 그녀의 두 번째 앨범 《True Colors》에 수록된 〈True Colors〉는 자기 자신을 사랑하라는 메시지를 담고 있습니다. 신디 로퍼를 닮은 많은 사람에게 들려주는 위로의 노래이기도 합니다. 캄캄하고 힘든 세상이지만 우리는 저마다의 빛깔을 가지고 있기에 자신의 빛깔로 세상을 환하게 채우자는 내용입니다.

제가 누차 하는 말이 있습니다. "열정은 사랑받고 싶고, 사랑하고 존경하는 사람을 닮아가고 싶을 때 주로 생깁니다. 관계에서 태어나 노력으로 여물어가죠. 좋은 관계에서 생긴 열정은 우리를 행복으로 이끕니다." 현명한 사람은 행복이 목표나 결과가 아니라 과정이며 그 과정을 즐기는 것이 행복이라고 하죠. 반면 나쁜 관계에서 생긴 열정이 행복으로 이어지는 경우는 거의 없습니다. 우리가 노력한 결과는 우리가 원했던 것보다 늘 한참 부족하니까요. 삶의 열정과 행복을 원한다면 먼저 누군가와 깊고 긍정적인 관계를 맺어야 합니다.

⟨True Colors⟩의 노랫말처럼 자신을 사랑해주는 중요한 사람에게 더 사랑받기 위해, 그 사람을 기쁘게 해주기 위해, 혹은 진심으로 존경하는 누군가처럼 되기 위해 변화를 내 편으로 만들려면 위험을 감수해야 합니다. 땅 짚고 헤엄칠 수 있는 행운은 극소수의 것이죠. 교과서적인 이야기지만 위험은 기회와 가능성이고 실패는 경험과 교훈입니다. 변할 수 없는 사실이죠.

지혜와 용기를 발휘할 수 있다면 포기하지 않고 실패에서 배우고, 자신의 특성과 장점을 찾아내 잘 활용하고, 부족한 부분을 연마하고 강화해야 한 단계씩 앞으로 나아갈 수 있습니다. 그 과정에서 지혜와 용기는 더 발달하고, 우리는 성숙하고 유연하고 부드러워지고, 거듭되는 변화 속에서 원하는 삶의 방향성을 지키고 목표를 실현할 수 있습니다.

당연하지만 실행이 매우 어렵죠. 하지만 진정한 '나'로서 살아갈 수 있는 유일한 길입니다. 그리고 진정한 나 자신으로 살기 위해서는 소중한 누군가가 꼭 필요합니다. 또 다른 변화 속으로 뛰어 들어가야 하는 우리 모두, 다시 한번 서로 힘차게 어깨를 두드려주며 용기를 냅시다.

좀 더 아름답게 살기

끝까지 읽어주셔서 감사합니다. 재미없는 글들을 읽느라 고생하셨죠? 이 책을 읽고 누군가 조금이라도 힘을 얻었다면 저에겐 더할 나위 없는 영광입니다. 최소한 지루하지 않았다면 제가 잘한 것이고, 그 반대라면 전적으로 출판사 탓입니다. (애정 섞인 농담입니다.)

제가 전하고자 했던 메시지가 잘 전달되지 않았으면 어떡하나 노파심이 듭니다. 그래서 이 책의 핵심인 삶을 좀 더 아름답게 만들기 위한 태도와 방법들을 요약하며 매듭을 짓겠습니다. 'Take home message'로요.

사랑은 아름답게 살기 위한 가장 중요한 조건이지요. 우리는 사랑에 늘 굶주려 있습니다. 인간이 긍정적인 감정을 느끼려면 가장 먼저 소중한 사람과의 사랑(애착)이 있어야 하죠. 그다음은 사회적 역할을 잘 이행하고 성취를 하여 인정을 받아야 합니다. 더 높은 차원에서 윤리, 철학, 종교를 통해 삶의 의미를 갖는 것도 필요하죠.

제대로 사랑하는 사람이 되려면 네 가지 조건을 가져야 합니다.

첫 번째는 따뜻함입니다. 사랑하면 마음이 저절로 따뜻해지지요. 그러나 사랑에 심한 상처를 받은 사람들은 그 따뜻함을 잘 표현하지 못합니다. 더 상처받지 않기 위해서 경계하는 방어기제 때문이죠. 특히 어린 시절 상처가 깊은 사람은 마음의 벽을 단단히 쌓기도 합니다. 그 벽은 생존을 위한 방패이기도 하지만 사랑을 주고받는 기회를 가로막는 걸림돌이기도 합니다. 거울을 보고 내 표정이 따뜻한지 확인해 보세요.

두 번째는 민감성입니다. 내가 원하는 것보다 내가 사랑하는 사람이 원하는 것이 무엇인지 잘 파악해야 합니다. 내 방식대로 사랑을 주는 것이 아닌 사랑하는 사람이 원하는 사랑을 주어야 합니다. 그러려면 상대방을 유심히 관찰해야 하고, 적절한 거리와 시간이 필요하죠.

세 번째는 일관성입니다. 내 감정을 잘 조절해서 상대방에게 신뢰를 주는 것이죠. 마지막 네 번째는 관계 개선 능력입니다. 관계에서 선의와 진심은 자주 오해받고 왜곡되기에 우리는 본의 아니게 실수를 저지르기도 합니다. 성숙한 방어기제인 억제, 이타심, 유머, 승화를 사용해서 더 성숙한 사람이 갈등을 풀어줘야 합니다.

삶이 아름다워지려면 사랑만으로는 부족합니다. 만족스러운 사회인이 되기 위해서 내가 도달하고 싶은 위치나 상태를 객관적으로 잠정 지정하고, 목적을 달성하기 위해 무엇을 해야 하는지 계획해야 합니다. 그 계획들이 잘 이루어질 수 있도록 인내하며 실행에 옮길 때, 실력이 올라가고 사랑과 인정을 받게 되죠. 그로 인해 자신감이 향상되고 더 나은 판단과 계획을 할 수 있게 됩니다.

인간은 죽을 때까지 성장하는 존재이며, 삶의 단계에서 요구되는 과제들을 잘 수행할 때 자긍심을 느낍니다. 청년기까지는 내가 어떤 사람인지 어떤 삶을 살고 싶은지를 아는 정체성을 확립해야 하고, 사회인이 되기 위해서 타인들과 친밀감을 형성하는 능력을 키워야 하고, 중년이 되어서는 공동체와 자녀를 잘 돌보는 능력을 키워야 합니다. 나이에 걸맞게 살고 있는지를 늘 확인해야 합니다.

이제 막 어른이 된 분들, 어른이 되어가는 중인 분들, 어른 역할을 하는 데 여전히 서툴거나 어려움을 겪는 분들, 힘내세요! 저도 좌충우돌하며 괜찮은 어른이 되어가기 위해 노력하는 중이고, 아직도 똑바로 가지 못하고 꿈틀꿈틀하면서 조금씩 앞으로 나아가고 있답니다. 더 아름다운 어른이 되겠다는 희망을 버리지 않고, 나 자신을 늘 의심하며 성장하려고 노력한다면, 오늘보다 내일 더 좋은 사람이 될 확률은 높아질 거예요.

이 책이 인생을 되짚어보고 삶을 아름다운 쪽으로 돌리는 데 조금이나마 도움이 되었기를 바랍니다. 제가 소개해 드린 노래들을 기억하고 있다가 힘들 때 찾아 들으시길 바랍니다. 노래에 얽힌 추억과 이야기를 떠올리며 마음을 다독이셨으면 좋겠습니다. 행복하세요.

타인의 상처가 내 기어 속에 저장되는 슈가이 있다. 이때 정신과 의사 선생님들은 어디로 가서 숨을 몰아쉴까? 22년 전 라디오 프로그램 〈여성시대〉 DJ를 시작했을 때, 청취자가 보내온 편지 속 뼈근한 아픔들이 오롯이 전해져 숨 쉬기가 힘들었다. 그래서 새벽마다 한강 둔치를 한참 걷다가 방송국으로 출근했다. 김창기의 글을 읽으며 '그래! 노래가 있었는데 잊고 살았네…' 새삼 무릎을 친다. 사람 사이의 소통, 배려, 이해, 외로움, 상처 등을 노랫말과 이어주고 속엣말을 잘 풀어주어 고맙다. 어린 날에 들었던 애청곡들을 잠시 잊고 살았는데 되돌려받아서 기쁘다. 다시금 고맙다.

_양희은 가수

혜화동 로터리 안쪽 어느 골목길에 있을 법한 옛 선배의 작업실에 놀러가 그가 들려주는 노래를 들으며 그간 살아온 이야기를 듣는 듯 시간 가는 줄 모르고 읽었습니다. 키 작은 말썽꾸러기 광석이와 과묵해서 무게 잡는 것으로 오해했던 동진 선배와 노래 못 부른다면서도 선뜻 코러스에 함께했던 장필순이 나오는 젊은 시절의 이야기, 그 뒤 정신과 의사로 가족과 함께 평범하게 살아가는 이야기. 그런 이야기들을 통해 뭔지도 모르고 따라 불렀던 가사가 이제야 이해되는 것처럼, 지나간 일들의 의미를 뒤늦게 깨닫는다는 그의 고백에 저도 고개를 끄덕입니다. 그런 것 중 하나가 제게는 〈잊혀지는 것〉이라는 노래입니다. 스무 살 시절, 친구가 녹음해준 테이프에 실렸던 노래였지요. 그녀가 전축 바늘을 떨어뜨린 바람에 그 노래는 제게 영원히 쿵, 심벌즈 소리, '사랑이라 말하며 모든 것을 이해하는 듯'으로 기억됩니다. 강의실에서 배운 건 하나도 기억나지 않는데, 바늘이 떨어지는 소리는 영원히 기억되는 이유를 이제야 저도 이해할 것 같습니다.

_김연수 소설가

카세트테이프로 '동물원'을 듣던 그 어린 마음에도 그의 노래는 왠지 거짓말 못 하는 사람의 노래로 들렸다. 글도 딱 그의 노래를 닮았다. 꾸밈없고 가식 없고 거짓말 못 하는 진심이어서 담백하고 편안하고 깨끗하다. 복잡한 계산 없이 순순히 들어와 쉽게 공명한다. 오랜만에 읽는, 꼬이고 골치 아픈 잡념이 아니라 시름 놓고 상념에 잠기게 하는 편안한 글이다. 이따금 그의 노래에 빚을 지는 연출자로서 늦게나마 감사의 인사를 전한다. 감사합니다.

_신원호 PD

플레이리스트

🎵 국내 음악

ㄱ

김광석 〈기다려줘〉
　　　〈잊혀지는 것〉
김동률 〈출발〉
김민기 〈강변에서〉
　　　〈아하 누가 그렇게〉
김수철 〈젊은 그대〉
김연우 〈이별 택시〉
김추자 〈거짓말이야〉

ㄷ

동물원 〈변해가네〉
　　　〈시청앞 지하철 역에서〉
　　　〈혜화동〉

ㅂ

방탄소년단 〈작은 것들을 위한 시〉

ㅅ

산울림 〈아마 늦은 여름이었을 거야〉
시인과 촌장 〈고양이〉

ㅇ

아이유 〈가을 아침〉
양희은 〈엄마가 딸에게〉
에픽하이 〈연애소설〉
옥상달빛 〈수고했어, 오늘도〉
워너원 〈에너제틱〉
윤종신 〈좋니〉
이소라 〈바람이 분다〉
이적 〈걱정말아요 그대〉
이하이 〈손잡아 줘요〉